徳間文庫

婿殿開眼三

未熟なり

牧秀彦

徳間書店

目次

【主な登場人物】

笠井半蔵 百五十俵取りの直参旗本。下勘定所に勤める平勘定。

佐和 笠井家の家付き娘。半蔵を婿に迎えて十年目。

お駒 呉服橋で煮売屋『笹のや』を営む可憐な娘。

梅吉 『笹のや』で板前として働く若い衆。

矢部左近衛将監定謙 素行の悪い大身旗本。小普請支配から南町奉行に。

梶野土佐守良材 勘定奉行。半蔵の上役。

高田俊平 北町奉行所の定廻同心。半蔵と同門の剣友。

宇野幸内 南町奉行所の元吟味方与力。俊平の後見役。

政吉 俊平配下の岡っ引き。

仁杉五郎左衛門 南町奉行所の年番方与力。町民の支持も厚い好人物。

遠山左衛門尉景元 北町奉行。幸内とは昵懇の間柄。

筒井伊賀守政憲 元南町奉行。

鳥居耀蔵　目付。

金井権兵衛　矢部家の家士頭。

近藤周助邦武　天然理心流三代宗家。

浪岡晋助　浪人。天然理心流の門人。半蔵と俊平の弟弟子。

孫七　忍者の末裔。

三村右近　南町奉行所の見習い同心。左近の双子の弟。

三村左近　右近の双子の兄。

【単位換算一覧】

一尺（約三〇・三〇三センチ）一寸（約三・〇三〇三センチ）一分（約〇・三〇三〇三センチ）一丈（約三・〇三〇三メートル）一間（一・八一八一八メートル）一里（三・九二七二七キロメートル）一斗（一八・〇三九一リットル）一升（一・八〇三九一リットル）一合（〇・一八〇三九一リットル）一勺（〇・〇一八三九一リットル）一貫（三・七五キログラム）一斤（六〇〇グラム）一匁（三・七五グラム）一刻（約二時間）半刻（約一時間）四半刻（約三〇分）等

第一章　謎の義士

一

天保十二年（一八四一）も五月に至っていた。

今年は一月が閏だったため、陽暦ならば六月後半。江戸は梅雨の直中である。

雨続きの江戸に、奇妙な噂が流れていた。先月の末から悪党を退治する義士が市中に出没し、破邪の剣を振るっているというのだ。

義士といっても、後に幕末の京で恐れられた「人斬り」の如く、斬奸状を立札にして現場に残したり、成敗した相手の亡骸を路傍に晒すわけではない。一人も殺すことなく、失神させるにとどめた上で町奉行所に通報し、誰にも気付かれぬまま立ち去るのが常だった。

気を失ったまま御用にされた連中の証言によると、その男は一味の根城や不法な取り引きの現場に忽然(こつぜん)と現れ、町方の手を焼かせてきた悪党どもをただ一人で打ち倒し、風の如く去っていくのが常だという。

素性は未(いま)だ特定できていない。

確かなのは剣の腕前が抜きん出ており、なぜか南町奉行所のためにのみ、事を為していること。北町奉行所でも火付盗賊改(ひつけとうぞくあらため)でもなく、奉行が交代して間もない南町にばかり急を知らせ、現場に捕方(とりかた)を差し向けるように促すのだ。

どこの誰が、何のためにやっているのか。

どれほどの恩に報いるため、南町奉行に肩入れしているのか。

手柄を立てながら正体を明かすことなく、人知れず悪党退治に励(はげ)む義士の真意を知る者は、一人としていなかった。

二

その日の江戸は、梅雨の晴れ間の五月(さつき)晴れだった。

日が暮れても雨は降らず、本所(ほんじょ)の夜空に雲は掛かっていなかった。

大川東岸の本所と深川は縦横に運河が巡らされ、木場へ運ばれる材木をはじめとする物資の運搬や、船を用いた交通に役立っている。

江戸開府の当時は蘆荻（ろてき）が生い茂る、見渡す限りの干潟だった一帯の開拓が急速に推し進められたのは、明暦三年（一六五七）の大火で江戸城を含む大川西岸が甚大な被害を受け、新たな市街地が必要となったため。

開府前から運河として開鑿（かいさく）されていた小名木川（おなぎがわ）に続いて、竪川（たてかわ）に横川、北十間川（きたじっけんがわ）に横十間川などが干潟の開発に不可欠な排水路として次々に設けられ、干拓が完成した後は更に海岸線を拡げる埋め立て工事に必要な、土砂や塵芥を船で運ぶためにも活用された。

かくして開発された本所と深川には大小の武家屋敷が移転され、明暦の大火で被災した数々の寺社も移ってきたのに伴い、もとより深川の地に建立されていた神明宮や富岡八幡宮をはじめとする、数々の門前町が活況を呈して久しい。

江戸城下と大川を隔てた地にある本所と深川には、開府当初から町奉行の目が十分に行き届いておらず、寺社の門前町などの盛り場は土地の親分が治安の維持を任されているため、裏では悪事が横行しやすい。

そんな大川東岸で、とりわけ悪の温床となっていたのが武家屋敷。

大名や大身旗本の豪邸はむろんのこと、軽輩(けいはい)の御家人の住まいにも町奉行は手が出せないからである。

江戸市中の治安を預かる町奉行も、その権限が及ぶのは町人地のみ。武家地や寺社地には独断で配下の与力や同心を差し向けることを許されず、相手が大名や大身旗本となれば尚のこと、遠慮も多い。直参(じきさん)の犯罪を取り締まる目付(めつけ)を通じて手続きを踏まなくては、屋敷内には立ち入れない決まりだった。

そんな特権を利用し、あくどい金稼ぎをする武家屋敷は多い。

中間(ちゅうげん)部屋で賭場を開帳させたり、敷地内の長屋に隠し売女を集め、密かに客を取らせたりといった真似(まね)は序の口で、不法な取り引きに協力する者もいる。

抜け荷一味に加担していたのは、本所割下水に屋敷を構える旗本だった。

地名のとおりに下水道が町中を流れており、昼夜の別を問わず異臭が漂う一帯に微禄の旗本や御家人の屋敷が密集している。

当主の旗本は悪(あ)しき一味に屋敷の土蔵を開放し、持ち込まれた禁制品に買い手が付くまで預かることで利を得ていた。無役の身を顧みぬ放蕩三昧(ほうとうざんまい)で妻子に愛想を尽かされ、男やもめも同然の暮らしを送る旗本にしてみれば、蔵を貸しただけで大金が手に入るのは願ってもない話。屋敷に奉公する若党と中間は同じ穴の狢(むじな)であり、進んで悪事に協力しているので口止めの手間もいらず、町方役人の捜査が及ばぬ立場を利用した金稼ぎは楽なものだった。

下水の幅はわずか九尺（しゃく）ばかり。

雑多なごみが水面（みなも）を漂っており、船を漕ぎ入れるのもままならない。

それでも目と鼻の先には横川が流れているので、水路を用いて移動するのに好都合。

陸路で大量の荷を運べば自（おの）ずと目立つし、夜陰に乗じて人目を避けようにも夜四つに町境の木戸が封鎖されてしまうため、旗本といえども通るのは一苦労だが、船ならば足止めを食らう恐れはない。

一応は町奉行所にも本所方と呼ばれる部署があり、鞘番所（さやばんしょ）と称する拠点を本所と深川の二箇所に設け、鯨船という快速船も有しているが、与力一騎に同心二人と小者（こもの）を加えただけの頭数では、大川東岸一帯を縦横に流れる運河の隅々にまで監視の網を張り巡らせるなど、所詮は不可能事である。

それに、本所方が船を駆って出動するのは、大水が出たときの橋梁（きょうりょう）の保守点検と人命救助が専（もっぱ）らで、日夜欠かすことなく巡視に務めてなどいない。

手薄な本所方の隙（すき）を突いた抜け荷一味は、今宵も金目の禁制品を山ほど陸揚げし終えたところ。江戸湾の沖で母船と接触し、大川から小名木川、横川と順調に漕ぎ進んできた抜け荷船は、筵でくるんだ木箱を幾つも積んでいた。

細長い箱の中身は、舶来のケンタッキーライフル銃。

その名のとおりにアメリカ独立戦争で活躍した歩兵銃は、弾丸を撃ち出す火薬を撃発するのに火打ち石を用いる燧発式。オランダ製の同型が幕末に至って正式に輸入され、日の本ではヤーゲル銃と呼ばれたが、この年――一八四一年には改良型の雷管式がすでに開発されていた。

装塡に手間がかかる上に十発のうち三発が不発の燧発式は、アメリカに限らず西欧諸国において用済みとなりつつある。なればこそ安く、大量に仕入れることもできるのだ。

旧式ならではの利点は、今一つ存在した。

ケンタッキーライフル銃は命中精度が高い反面、扱いが難しい。

一人前の射手を育てるには訓練を要し、自ずと弾薬も消費されるため、抜け荷の一味から続けて購入する必要が生じる。大量の銃を買い求めて事を起こそうと目論む客ほど本体だけ手に入れれば事足りるわけではなく、その後も一味と腐れ縁を保たざるを得なかった。

欧米において時代遅れの旧式銃も、戦国の昔から変わらぬ火縄銃ばかり用いてきた日の本で模造するのは至難である。弾丸も同様で、昔ながらの鉛玉と違って簡単に拵えられるものではない。

斯くも諸外国に後れを取っているとはいえ、これまでに洋式銃が導入されずにいたわけではない。

有名な井上流と共に幕府の鉄砲方を代々務める田付流、そして、今月の九日に板橋宿最寄りの徳丸ヶ原で老中首座の水野越前守忠邦の立ち会いの下、大規模な砲術調練を行ったばかりの高島流のように、早くから洋式銃や大砲を採り入れた流派も存在した。

七年前の天保五年（一八三四）に高島秋帆が興した高島流は、砲術流派として時代の先端を行っている。

長崎の町年寄一族の特権として認められた私貿易で秋帆が入手し、百名余りの弟子に実演させた銃砲の威力を目の当たりにした水野忠邦は、高島一門の実力を認めた上で、調練用の大砲四門を購入。近海を脅かす異国船に対抗するべく秋帆を登用し、幕府の軍備を増強することまで考え始めていた。

されど、旧弊を長らく重んじてきた体制が、すぐに変わるはずもない。

将軍の信任の下で忠邦が推し進める幕政の改革そのものには賛同しても、西洋砲術を幕府が採用することに異を唱える者が多かった。

誰よりも強硬に反対しているのは、目付の鳥居耀蔵。

開明派の一面を持つ忠邦の腹心でありながら蘭学を一切認めず、砲術を含めた西洋文明を採り入れるのを全否定する耀蔵は、極めて執念深い男だった。

耀蔵は二年前の天保十年（一八三九）五月、三河田原藩家老の渡辺崋山を捕縛させたのを皮切りに、崋山が属する蘭学結社「尚歯会」の同志である高野長英らを投獄し、同年末に結審するまでに多くの者を罪に問い、あるいは牢死や自害に追いやった、世に云う蛮社の獄を断行している。

事の発端は同年の春に耀蔵が幕命を奉じ、江戸湾岸の防備を固めるための巡視を実施した際に伊豆韮山代官の江川太郎左衛門英龍に出し抜かれ、精巧な測量図を幕府に提出して、評価されたのを恨みに思ってのことである。

その英龍が師事する高島秋帆まで耀蔵は敵と見なし、陥れるべく暗躍し始めているらしい。

抜け荷一味にとっては、実に好都合なことだった。

耀蔵のような輩のために幕府の政が迷走し、時代に逆行している間に諸大名へ売り込めば、幾らでも買い上げてもらえる。徳川の天下を今すぐ覆そうとまでは考えていなくても、領地の沿岸に出没する異国船の脅威に備えるため、手に入る中で最も新しい兵器を手元に揃えておきたいからだ。

御府内の徳丸ヶ原にて砲術調練が行われたのも、間のいいことだった。旧式の銃砲と比べものにならない威力の程は噂となって、早くも街道筋の大名の城下町にまで伝わりつつある。公儀のお声がかりの高島流そのものを取り込むのは無理であっても、新式銃を一挺でも多く手に入れて、幕府に伍する力を蓄えたいと諸大名が考えるのは目に見えていた。

そうやって数をまとめて購入させれば、弾薬を補充するために引き続き一味を利用せざるを得なくなる。

火薬はともかく、弾丸は火縄銃の鉛玉のようには簡単に鋳造できない。抜け荷一味を御法破りの悪党と見なしていても付き合いを断つわけにはいかず、まして公儀に訴え出るなど為し得ぬ話。事が露見すれば買い手まで罪に問われ、反逆の意志ありと決めつけられてしまうからだ。

ともあれ、隠れて軍備を増強するには、抜け荷を買うより他にない。

注文が急増するのは確実と見込んだ抜け荷一味の母船からは、今宵も大量の銃が送り込まれていた。

「ふふ……まさに濡れ手で粟だのう」

一味の手先となって利を得ている悪旗本は、笑いが止まらずにいた。

鉄砲がぎっしり詰まった木箱を屋敷まで運ぶのは、河岸に集まった中間たちの役目である。

かねてより奉公していた顔ぶれだけでは手が足りぬため、儲け話を持ちかけて掻き集めた、渡り中間も加わっている。

いずれ劣らぬ悪人顔の面々は、御法破りを屁とも思わぬ手合いばかり。手間賃さえ弾んでおけば、口外される恐れはない。

抜け荷船が横川伝いに去った後も旗本は河岸に居残り、荷運びの作業が終わるのを待ちながら見張りに立っていた。

油断なく、周囲に目を配っている。

泡銭で夜毎に酒食遊興を繰り返す自堕落な男も、今は真剣そのもの。

何者かに現場を見られたときは刀を抜き、この場で始末するつもりなのだ。

腕自慢の悪旗本は二人の若党に任せるまでもなく、自ら刀を振るって目撃者の口封じをするのが常だった。

こうして夜中に出かけるのを苦にもせず、嬉々とさえしている。

「今宵は誰も現れぬ、か……」

残念そうにぼやく悪旗本は、これまでに三人を手にかけていた。

抜け荷を嗅ぎ廻っていた、岡っ引きや下っ引きを始末したのではない。

犠牲になったのは、遅くに仕事を終えて帰宅する途中で悪事の現場を目撃して逃げようとした、大工や左官たちだった。

いずれにしても人を斬るのは罪深い所業だが、町方の御用に携わってもいない無辜の民に刃を向けるとは、許し難い話である。

非道な真似を繰り返す悪旗本は、罪悪感など微塵も抱いていなかった。

屋敷の土蔵を提供するだけで得られる利に目がくらんで以来、直参の身で幕府を裏切っていながら恥じてもいない。

悪事で稼ぐことに嬉々とするばかりか人斬りの快感まで覚え、生け贄が現れるのを待ち侘びるとは、重ね重ね呆れたことだった。

「ううむ、張り合いの無きことじゃ……」

悔悟とは無縁の悪旗本が悶々とするうちに、荷揚げの作業は済んだ。

「ふっ、生き胴試しは又の折を待つとしようかの」

気を取り直し、悪旗本は微笑(ほほえ)んだ。

これでまた、濡れ手で粟の大枚(たいまい)の金子が手に入る。

酒色遊興に散じてもまだ余る、逃し難い儲け口である。

「ふふふ……」

将軍家に仕える立場も忘れ、ほくそ笑むばかりであった。

三

木箱を山積みにした荷車が動き出す。

「お待たせしやした、殿様！」

「うむ」

中間頭にうなずき返し、悪旗本は踵(きびす)を返す。

と、その双眸(そうぼう)が見開かれる。

「何奴！」

誰何(すいか)の声を浴びせざまに、鯉口(こいぐち)を切る。

左腰に帯びた刀が、一挙動で抜き放たれた。

ぎらつく刃を向けた先には、男が一人。誰にも気取らせることなく、間近まで忍び寄っていたのだ。

六尺に近い、引き締まった体にまとっているのは筒袖の着物と細身の野袴。

いずれも闇夜に紛れる墨染めであった。

目立たぬ装いをしたところで気配までは消し去れない。

この男は忍びの者と同様に、隠形の法を心得ているらしい。

悪しき一味の行く手を阻んだ男は、大小の二刀を所持していた。

腰間には、黒鞘の脇差のみ。同じ拵えの刀は、下緒を用いて背負っている。

黒装束と相まって、まさに忍者を思わせる出で立ちだ。

頬被りで面を隠し、覗かせているのは凜とした瞳と太い眉のみ。

悪旗本に向けてくる視線は鋭い。

それでいて一点のみを凝視せず、手に手に得物を構える配下の若党や中間どもの動きまで、抜かりなく視界に捉えていた。

剣術用語で「遠山の目付」と呼ぶ、実戦に則した目配りである。

刃を交えるまでもなく、修行を積んだ身と分かる。

鳥居耀蔵が放った御小人目付か、あるいは公儀の御庭番なのか。

「うぬ、何(いず)れの手の者かっ」

「……」

重ねて誰何されても、黒装束の男は答えない。

無言のまま、悪しき一行を鋭く見返すのみだった。

正体が何であれ、抜け荷の現場を見られたからには生かしておけない。

「死ねい！」

悪旗本は勢い込んで地を蹴った。

突進しながら、刀をぐわっと大上段に振りかぶる。

応じて、男は体側に下ろした両手を挙げる。

伸ばした十指でつかんだのは、左肩口から突き出た柄(つか)。

柄を握ったことにより、鞘ぐるみの刀身が持ち上がる。

斜めにして背負っていたのが、左肩に担(かつ)いだ形となったのだ。

大股で迫り来る悪旗本に動じることなく、男は握った柄をぐっと引く。

柄頭(つかがしら)を正面に向け、相手を攻める気構えを示していた。

鯉口が切れると同時に、背負うのに用いた下緒がぴぃんと張り詰める。

刹那、鯉口から刀身がほとばしり出た。

きらめく刀身は二尺二寸。

主持の武士が帯びる刀の長さの標準として、幕府が決めた定寸よりも一寸ほど短い。それでいて身幅は広く、見るからに頑丈そのものだった。

鍔元から剣尖に至るまで全体に幅が広く、猪の首を思わせるほど太い切っ先がとりわけ目を引く。

刀身が幅広いだけでなく重ねも分厚く、刃の部分は蛤の殻の如く、こんもりと肉が盛り上がっている。ありふれた黒鞘に納められた一振りは、鎌倉時代中期の太刀に顕著な特徴とされる、猪首切っ先と蛤刃を備えた剛剣だったのだ。

近頃は水心子正秀ら著名な刀工が新々刀と称し、鎌倉の世の太刀を模した豪壮な作風を打ち出しているが、男が抜き放った一振りは違う。正真正銘の古の太刀を長さのみ縮めた、磨り上げ物であった。

刀身を短縮するには目釘を抜いて柄を外し、中に収まっていた茎の部分を余分な長さだけ切り詰めた上で、刀身の下部に手を加えて新たな茎を設ける。一連の加工を称して、磨り上げと呼ぶ。

名刀であれ、数打ちの量産品であれ、幾百年の時を経た刀身に手を加えるなど古今の刀剣を蒐集し、手元に置いて玩味する愛好家たちにしてみれば、以ての外に違いない。

しかし実用に供する上で長すぎ、振るうばかりか鞘から抜くだけでも一苦労となれば、短縮加工を施すのもやむを得ぬこと。この男が手にした一振りも、室町から戦国の乱世にかけて、太刀を佩く風習が廃れた時期に磨り上げられたものらしい。

身の丈が六尺に近く、腕も足も太くてたくましければ、定寸はもとより三尺を超える野太刀であっても、その気になれば打ち振るうことができるはず。

とはいえ、刀剣は必ずしも長ければ有利とは限らない。

長大な刀は浴びせた一撃が決まったときこそ絶大な威力を発揮するが、長さに見合って重いため、次の敵に立ち向かう動きが一瞬遅れてしまう。合戦場で槍や薙刀、長巻といった長柄の武器と渡り合うのには有効でも、定寸の刀で素早く斬り付けてくる敵に応戦する場合、長すぎる刀身はかえって邪魔になるのだ。

黒装束の男は、刀を得物——得意の打物として万全に使いこなすため、敢えて磨り上げ物の一振りを用いていた。

刀身が短くても、体格差で補えばいい。

刀を体の一部とするつもりで、長い腕と足を活用するのだ。

柄を握る手の内などの技法を刀さばきと呼ぶのに対し、その刀を振るう土台となる足腰を、場面場合に応じて動かすことを足さばき、体さばきと言う。

悪旗本を迎え撃つ男は、大きな五体を確実に運用していた。

常に敵と正対するつもりで体をさばけば、爪先は自ずと両方とも前を向く。

男は間合いを詰めながら、左の爪先だけは横に向けている。

剣術用語では前に踏み出した足を前足、後ろに踏み締めた足を後足と呼ぶ。

後足が正面に対して横向きとなる、いわゆる撞木は後の世の剣道や居合道ではやってはならないとされる運足だが、古流剣術においては流派の別を問わず共通する足さばき。剣道のように前後左右に素早く移動するには不向きだが、後足に重心を乗せ、力強く体をさばくには有効なのである。

間合いが詰まった瞬間、激しい金属音が上がった。

悪旗本の大上段からの斬撃を、男は横一文字にした刀身で受け止めたのだ。

古流剣術の諸流派において「鳥居之太刀」と呼ばれる防御法は、柄を握った腕と刀身で神社の参道に立つ鳥居の如き形を作り、敵の攻めを封じる一手。受けると同時に敵の刀を払い、体勢を崩したところに返す刃で突きを見舞って仕留めるのが常だが、男は悪旗本を殺そうとはしなかった。

「うわ!?」

悪旗本が悲鳴を上げる。

渾身の一撃を払い落とされ、体勢を崩した刹那に右肘を摑まれて、そのまま前に引きずり倒されたのだ。

乾いた地面に頭を打ち付け、悪旗本はたちまち失神する。

本来ならば動きを封じられたまま、がら空きになった喉元に刃を突き込まれていたはずである。

男は敢えて命を奪わず、投げ飛ばすのみにとどめたのだ。

「この野郎っ！」

「やっちまえ!!」

続いて殺到したのは中間たち。頼みの主君を倒されて焦りながらも、手に手に短刀を握り締め、男に向かって突進する。

中間は士分に非ざる立場のため、刀を帯びていない。ふだんはお仕着せの半纏の後ろ腰に短い木刀を一本差すだけだが、抜け荷を運ぶときは懐中に九寸五分を忍ばせていた。名前のとおりに刃長が一尺近い、六寸物の並の短刀よりも物騒な代物である。

一方の若党たちは、大脇差を手にしていた。

「おのれ、よくも殿を！」

「曲者め、覚悟せいっ!!」

中間と同じ武家奉公人でも、若党は士分に準じた身。主君に仕えている間は仮の姓を与えられ、武士以外は常着にできない袴の着用も許されていたが、武家の身分標章である大小の二刀だけは認められず、刀身が二尺以下の大脇差を一振りのみ帯用する。悪旗本に日頃から鍛えられているらしく、若党たちが取った構えはそれなりに様になっていた。

応じて、男は無言で刀を取り直す。

右手で鍔元近くを握るのは一般に教えられる刀の扱いに則していたが、左の手のひらは剣道で竹刀を握るかの如く、柄頭をくるむように握り込んでいる。

それは一部の古流剣術に見られる、独特の手の内だった。

江戸においては郊外の武州一円で人気の高い、天然理心流に当てはまる。

同流派では刀を手の延長として用いるため、刀を振るう軸となる左手で柄頭を握り込むことを教える一方、真剣を連続して振るっているうちに自ずと両拳の間が詰まり、柄を絞り込む状態となることを否定していない。

この男も居並ぶ敵を斬り尽くすつもりならば、そうしていたに違いない。

だが、深夜の河岸に血煙が上がることはなかった。

「わあっ！」

「うおっ⁉」

先んじて突きかかった中間が二人、続けざまに吹っ飛ばされる。

したたかに打撃を浴びせられたものの、出血はしていない。男が振るった二尺二寸の剛剣は、刃を潰した刃引きだったのだ。

剣術の形稽古(かたげいこ)などに用いる刃引きは南北の町奉行所にも常備されており、捕物の現場に出向く同心は自前の刀と差し替えて携行し、十手(じって)だけでは対処できない手強(てごわ)い悪人を生け捕りにするのに使用される。

この男は剛剣を敢えて刃引きにした上で、悪党退治に用いていたのである。

斬れない刀であればこそ思い切り腕を振るい、鍛えた技を発揮できる。

少年の頃から天然理心流の修行を重ねてきた男は、そう思い至ったことで開眼したのだ。

「野郎、ふざけやがって！」

「そんなもんで俺らの相手をしようってのかい‼」

後続の中間どもが、口々に怒号を上げて飛びかかった。

迎え撃つ男は、刃引きを鞘に納めていた。

多勢の敵といちいち刃を合わせていては、埒（らち）が明かない。もとより斬れない刃引きとはいえ、刀身を損なう恐れもある。

そこで男が採ったのは、近間へ踏み入りざまに刀の柄を旋回させ、敵が短刀で突いてくるより早く当て身を食らわせる戦法だった。

「ヤー！」

「トー!!」

裂帛（れっぱく）の気合いが上がるたびに、一人、また一人と中間がのけぞる。

天然理心流には抜刀することなく、柄頭や鍔、拳で打撃を浴びせて昏倒させる柔術（やわら）の技が伝承されている。

男の体さばきは迅速にして力強い。

群がる中間どもを殴り倒しつつ、若党の動きからも目を離していなかった。

手強さに泡を食った二人の若党は大脇差を放り出し、車に積んだ抜け荷の箱を開こうと懸命になっている。

銃を取り出し、狙い撃って仕留めるつもりなのだ。

土蔵に運んだ荷を管理する立場上、扱いは心得ている。油紙にくるまれた弾薬を装塡する手際も慣れたものだった。

江戸市中で発砲すれば大罪に問われることなど、頭から飛んでしまっていた。

飛び道具でも用いなければ、自分がやられてしまう。

そんな恐怖の念に駆られての行動であった。

だが、引金を絞り込む余裕は与えられない。

「！」

若党の目が見開かれる。

離れた河岸から飛翔した男が、すっくと眼前に降り立ったのだ。

忍びの者も顔負けの跳躍力である。

宙を飛びながら、男は鯉口を切っていた。

着地と同時に、二尺二寸の刀身が抜き放たれる。

刃引きの重たい一撃が、ずんと若党の肩を打つ。

骨を折られて崩れ落ちるのを尻目に、男は二人目の若党に向き直った。

手の内を締めて打撃を見舞うや、手にした銃身がひん曲がる。これでは引金を絞り込んだところで暴発し、自滅するのがオチだった。

「わっ、わっ」

ひしゃげた銃を男に投げ付け、若党は大脇差を拾い上げる。

向き直ったときにはもう、男は目の前に立っていた。

斬り合うには間合いが近すぎる。

どうするのかと思いきや、男は迷わず刃引きを振り下ろす。

「ぐわ」

若党がどっと打ち倒される。

自眼を剝いて気を失い、瞬く間に無力化させられていた。

男の刀さばきと体のさばきは連動していた。

袈裟に打ち込むと同時に、左足を後方に大きく引いたのだ。

こうすれば互いに間合いが詰まっていても、確実に一撃を浴びせることが可能なのである。

若党を打ち倒した一振りは、堂々とした刀姿を保っている。

刃引きを鞘に納めていく男も、きれいに背筋が伸びていた。

悪しき一行は、全員が気を失っている。

後は例によって数寄屋橋御門内の南町奉行所まで赴き、投げ文をして捕物出役を促すのみ。町境の木戸が閉じられていても、忍びの者の如く身軽な半蔵は屋根伝いに移動できるので雑作もない。

これほどの手柄を立てたとなれば、正面から奉行を訪ねて褒美を求めたところで厚かましくはないだろう。

しかし、男が見返りを望んだことは一度もない。同様の悪党退治を繰り返していながら、南町奉行の矢部駿河守定謙に一文の銭も要求したことがなかった。

今夜も定謙に首尾を知らせた上で自分の屋敷に戻り、妻を起こさぬように部屋に入った上で、朝までぐっすりと眠るのみ。

立ち上がる者がいないのを確かめると、前に一歩踏み出す。

と、その足が止まった。

すっと両の手が挙がり、再び刀に掛かる。

その頭上から、ぽつ、ぽつと水滴が滴り落ちる。

「雨であったか……」

頬被りの下で安堵の笑みを浮かべつつ、男は再び歩き出す。

笠井半蔵、三十三歳。

幕府の勘定所に代々勤める直参旗本の笠井家に婿入りし、今年で十年の節目を迎える身だった。

四

一刻後、半蔵の孤影（こえい）は神田の駿河台（するがだい）に見出（みいだ）された。

どこかで着替えたらしく、常着の羽織袴に装いを改めている。

黒装束を脱いで家紋入りの羽織を着け、軽輩ながら旗本の当主らしい姿をしていれば、町境の木戸でいちいち足止めされることもない。

江戸城を間近に臨（のぞ）む駿河台には、武家屋敷が多かった。

ほとんどは大名か、旗本でも千石以上の御大身で、長屋門の構えも立派な豪邸だが、笠井家のような微禄の旗本が代々暮らす、冠木門（かぶきもん）のこぢんまりした屋敷も幾らか混じっている。

百五十俵取りの笠井家が、将軍家から拝領している屋敷地は二百坪。

後の世の感覚で山の手にこれほどの宅地を持っていれば大したものだが、千石取りの旗本屋敷と比べれば、三分の一にも満たない広さである。

そんな小さな屋敷でも、夫婦で暮らすには申し分ない。住み込みの女中二人と中間一人に専用の部屋を与えても、十分すぎるほど広かった。

そぼ降る雨の中、家路を辿る半蔵の足取りは軽い。

つい先頃までは今宵の如く忍び出たときはもとより、日々の勤めを終えて帰宅するときでさえ重かった足の運びが、最近はいつ見ても潑剌としていた。

番傘をくるくると回しながら歩を進めた半蔵は、我が家の門前に立つ。

軽輩の旗本屋敷では若党ばかりか門番も雇っていないため、門扉にある細工をするのが常だった。

傘を畳んだ半蔵は、そっと門扉を押し開く。

開いたのを閉めもせず、玄関へ向かって歩き出す。

その背中で扉がぱたんと閉じたのは、上の柱に取り付けた鐶に縄を通し、砂を詰めた徳利をぶら下げた細工の為せる業。門番など置いていなくても徳利の重みで扉は勝手に元の状態に戻るので、俗に徳利門番と呼ばれていた。

門構えこそ少々侘びしいが、玄関は掃除が行き届いている。

塵ひとつない玄関に立ち、半蔵は式台から上がり框に昇る。

濡れた両足を手ぬぐいで拭き、雪駄を揃えるのも忘れない。

黒装束のときに用いた草鞋は着替えた場所で脱いだらしく、きちんと白足袋を履いていた。

半蔵は足音を忍ばせて、暗い廊下を進んでいく。

雨戸が閉めてあるので真っ暗だが、明かりを消した道場で竹刀（しない）や木刀を交える夜間稽古を重ねた身の半蔵は、闇の中も見通せる。

廊下には照明が無くても、それぞれの部屋には常夜灯が点（とも）してあるため、障子紙越しに薄く明かりが差している。夜目が利く半蔵には、ほんのわずかでも光源があれば十分だった。

板戸越しに、雨音が聞こえてくる。

半蔵が屋敷に着くのを待っていてくれたかの如く、降り出したのだ。

濡れずに済んだのは有難（ありがた）かったが、まだ安心できない。このまま誰にも気付かれることなく自分の部屋へ忍び入り、床に就かねばならぬのだ。

すでに丑（うし）三つ時（どき）。誰一人起きてはいないはず。

そう思いきや、行く手の障子がすーっと開く。

おもむろに隙間から突き出たのは、長柄が付いた幅広の刀身。

非常時の備えとして、どこの武家屋敷でも鴨居に架けてある薙刀だった。

「さ、佐和（さわ）か!?」

眼前に薙刀を突き付けられ、半蔵は慌てた声を上げる。

群がる敵をたった一人で打ち倒し、颯爽と戦いの場を去ったときの強者ぶりは見る影もない。

見開いた視線の先に、白い素足が見える。

爪の先まで手入れの行き届いた足の指は猫の如く、廊下の板をつまむような形を取っていた。

本身の薙刀を引っ提げて、廊下に出てきたのは寝間着姿の武家女。

身の丈こそ低いが、体つきは均整が取れている。

無言のまま、じっと半蔵を見返す双眸は切れ長で、まつ毛も長い。

夜目にも抜けるように肌が白く、目鼻立ちが優美に整っているのが分かる。

寝化粧が映えるのも、類い希な美貌の持ち主であればこそだった。

佐和、二十八歳。

半蔵を婿に迎えて十年になる、笠井の家付き娘である。

「何をしておられたのですか、お前さま……」

美しい容貌に似合わず、呼びかける声は凄みを帯びている。

「まさか、今時分までお稽古をされていたと申し開きをなさるおつもりではありますまいね？」

「す、すまぬ」

答える半蔵の声は震えていた。

調子を合わせているわけではない。

暗がりの中で目を見開き、本気で怖がっていた。

そんな夫を見返して、佐和は厳しく問いかける。

「近藤先生のお宅で馳走に与り、不覚にも酒を過ごして寝入ってしもうた……泊まって参れとの仰せであったが、朝から出仕に及ばねばならぬ故、な」

「それにしては、ご酒の臭いがいたしませぬぞ？」

「さもあろう。戻り道にて酔いを醒ましたからな」

「見え透いた嘘を申されますな」

問い詰める佐和は、柳眉を吊り上げていた。

かつて旗本八万騎の家中随一と謳われた美貌は、今も健在。

きりっとした造作は麗しく、佳人と呼ぶにふさわしい。

そんな美女が怒り心頭に発していればこそ、気圧されてしまうのだ。

「何処にて何をしておられたのか、包み隠さずにお答えなされ！」

「お、落ち着け」

鼻先に突き付けられた薙刀に目を白黒させつつ、半蔵は佐和をなだめる。

「これでは話もできぬであろう？　ひ、ひとまず刃を納めてくれ」

実戦剣の手練らしからぬ、気弱な限りの態度だった。

相手が賊ならば気配を感じたとたんに機先を制し、斬ってくるより早く間合いを詰めて刃引きを振るい、したたかに一撃を浴びせていただろう。

美貌の妻に惚れ抜いているだけに、言い返そうともしないのだ。

先頃に起きた事件をきっかけに、やっと夫婦仲が睦まじくなったと思えたのも束の間、近頃の佐和は機嫌が悪い。

今宵の如く、半蔵がしばしば屋敷を空けるのが原因だった。

新任の南町奉行を助けるため、人知れず悪党退治に励んでいることを、半蔵は佐和に明かしていない。心配をかけるまいと黙っていたのが裏目に出て、浮気を疑われているらしいのだ。

殊更に言葉にはしなくても、何を考えているのかは察しが付く。

疑いを募らせた上で、斯様な真似をしているのだ。

物騒なお出迎えをされるのは堪ったものではなかったが、以前に比べればマシと言えよう。

帰りが遅い夫に妻が意地を焼くのは、愛情の裏返し。

関心を抱いていなければ、ほったらかしにして先に寝ているはずだった。

つい先頃まで、佐和もそうしていたものである。

ようやく、世間並みの妻らしくなってきたのだ。

半蔵は斯様に思い、どこかホッとしてもいた。

美しすぎる女人（にょにん）を妻にした男は、苦労が絶えない。

周囲から嫉妬（しっと）の視線を投げかけられたり、嫌がらせの言動をされるのに黙って耐えざるを得ないのはもちろんのこと、美女ならではの個性とも付き合っていく必要があるからだ。

佐和の場合、持ち前の美貌を鼻に掛けていないだけに厄介だった。

天与の容姿よりも、家代々の役目に彼女は誇りを持っている。

歴代の当主が勘定所で能吏（のうり）と評価されてきた家の娘らしく、女に無用とされる算勘（さんかん）の才にも長（た）けていた。

佐和は半蔵が実務として役所で取り組む算盤（そろばん）勘定が達者なだけではなく、難解な算法の問題をさらりと解いてしまう。

もしも男に生まれていれば家督を継いで勘定所でも重く用いられ、笠井の家名を大いに高めていただろう。

才色兼備の妻を持った半蔵は十年の間、ずっと肩身が狭かった。

自分に算勘の才が無いのは、もとより承知の上である。

されど、家代々の役目とは好き勝手な都合で替われるものではない。

笠井家は直参旗本として三河以来、刀槍ではなく算盤の才を以て徳川家に奉公してきた一族だ。

婿入りしたからには一生涯、勘定職を全うする責を担っている。得意であろうとなかろうと算盤の扱いに習熟し、刀と同様に使いこなさなくてはならない。

かかる境遇に、半蔵が耐えて来られた理由は二つある。

一つは、佐和への変わらぬ愛情。

もう一つは影の御用に就き、腕に覚えの剣の技倆を遺憾なく発揮できる立場になったことだった。

半蔵には亡き恩師と祖父から学んだ、剣技と忍びの術がある。

婿入りして十年の間、生かす機を得られずにいた技であった。

太平の世で、まして荒事と無縁の勘定所勤めでは何の役にも立ちはしない。

そんな無用の術技が、半蔵の力となって久しい。

思いがけない御用を任された当初は戸惑うばかりだったが、今は違う。

腕を振るう甲斐がある人物のために、半蔵は働くことができているからだ。

影御用で充実感を得られていればこそ、辛い勘定所勤めも続けられる。

しかし、佐和に事実を明かすわけにはいかなかった。

愛する妻に、余計な心配をかけたくない。

浮気を疑われ、こうして物騒な出迎えをされても、黙っているべきなのだ。

「聞いておられるのですか、お前さま？」

鋭く問いかけながら、佐和が薙刀を構え直す。長柄武器を扱うときの常として左足を前に出し、廊下に立った姿は堂々としたものだった。

華奢なようでいて存外に腰が据わっているのは、武家の娘の嗜みとして薙刀や小太刀といった、武芸の修練も積んでいればこそ。

玄人はだしの算法と違って嗜み程度とはいえ、剣と忍びの術しか取り柄の無い半蔵と比べれば、立派に文武両道を歩んだ身と言っていい。

何とも扱いにくい妻であったが、惚れ抜いているからには逆らいたくない。

「ゆ、許せ」

重ねて詫びる半蔵に、ふっと佐和は微笑み返す。

夫に突き付けていた薙刀を下ろし、座敷に入る。

無言で拾い上げたのは、畳(たたみ)の上に放り出していた鞘。

梨子地(なしじ)の鞘に薙刀の刃を納め、元どおりに鴨居に架ける妻の一挙一動を、半蔵は驚いた面持(おもも)ちで見やる。

ともあれ、落ち着いてくれた機を逃さずに話をしなくてはなるまい。

おずおずと座敷に入ってきた夫を、佐和は笑顔で見返した。

般若(はんにゃ)の如くに吊り上げていた目と眉も自然な形に戻り、美しい顔に悪戯(いたずら)っぽい笑みを浮かべていた。

「ふふふっ、効き目があったようですね」

「佐和……」

「お前さまが不実な真似をなされているとは、もとより考えてもおりませぬ……ほんの少し、お灸(きゅう)を据えさせていただいただけにございまするよ」

「ま、まことか」

「向後はお早いお帰りを願い上げまする」

「し、承知した」

うなずく半蔵は、安堵の表情を浮かべていた。

佐和は、本気で刃を向けたわけではなかった。

帰宅が遅い夫を懲らしめるため、芝居を打っただけなのである。

物騒な真似には違いないが、茶目っ気を交えた行動だったのだ。

しかし、ホッとしてばかりはいられない。

三河以来の旗本の娘ともあろう者が薙刀を軽々しく持ち出し、夫を脅す真似をするとは何事かと、諫めておかなくてはなるまい。

表情を引き締め、半蔵は佐和の肩をそっと抱く。

抱き寄せた妻の頭は、こちらの胸元までしか達していない。

「お前さま?」

六尺近い夫の顔を、戸惑いながらもじっと見上げるしぐさが愛らしい。

「よいか、佐和……」

思わず笑みがこぼれそうになるのを堪え、半蔵は重々しく語りかけた。

「腹を立てさせてしもうて相済まぬが、女だてらに斯様な真似をいたしてはなるまいぞ。分かっておるな」

「はい」

答える佐和の態度はしおらしい。

先程までと一変し、素直に耳を傾けていた。

「ならば良い」

半蔵は真摯に言葉を続ける。

「誓って申すが、私はそなたに恥じる真似などしてはおらぬぞ」

「そのお言葉、信じてよろしいですね……?」

真面目な面持ちでいながらも、佐和の声は甘さを帯びていた。

口に出して答える代わりに、半蔵は両の腕に力を込める。

抱き締めた体は温かく、合わせた頬は柔らかい。

久しぶりの、心地よい感触であった。

このところ、半蔵は佐和に寂しい思いをさせていた。

影御用に熱中する余りに帰宅が遅くなりがちだったため、待ちくたびれて先に眠ってしまった枕辺に座って起こさぬように、そっと頭を撫でることしかできずにいたのだ。

せっかく夫婦仲が良好になったというのに、いただけないことである。

(まこと、向後は夜働きを控えねばなるまい……)

胸の内で反省しつつ、半蔵は佐和を抱き上げる。

座敷の奥には蚊帳が吊られていた。

「お前さま……」

暗がりの中で漏らす、佐和の吐息は甘い。

新妻の如く恥じらう姿も、愛らしい限りだった。

五

丑三つ時に降り出した雨は、夜が明けても止まずにいた。

雨の中を出仕するのは億劫なものだが、毎日の勤めは休めない。

公儀の役職に就く身であれば尚のこと、定められた刻限に遅れて着到するわけにはいかなかった。

朝五つ（午前八時）を過ぎても降り止まぬ空の下、今日も乗物——身分の高い武士が用いる自前の駕籠が、江戸城の大手御門に続々と集まっていた。

「退け、退けい！」

駕籠を先導する供侍は声を荒らげ、主君の乗物を追い抜こうとする他家の一行を威嚇するのに余念がない。

ここ大手御門は、江戸城の本丸につながる虎口。

将軍の居城に直結する要衝だけに、当然ながら護りは堅い。

いざ合戦となったときに敵勢を誘い込み、弓や鉄砲で狙い撃って殲滅する渡櫓が付いた門は、内濠に架かる橋を渡った先にある。

向かって右手は大手濠。左手は桔梗濠。橋の手前の広場には「下馬」の二文字を記した、大下馬と呼ばれる札が立つ。

この札から先へ乗物のまま進むことが許されるのは、大名とその嫡子のみ。

天下の直参旗本といえども、特に高い役職者や五十歳以上の者を除いては駕籠や馬を降り、供の大半を橋詰の広場に残し、草履取や挟箱持など最低限の者だけ引き連れて、自らも徒歩となるのが決まり。

将軍の家臣、すなわち直参なのは大名も同じだが、旗本は登城する際に斯様な差を付けられている。面白くない限りだが、天下の定めとなれば逆らうわけにはいかなかった。

「ええい、こちらが先じゃ！」

「何と申すか、道を譲れい！」

降りしきる雨にもめげず、合戦場での先陣争いさながらに、競って駆けるのは大名家の一行ばかり。

対する旗本の面々は下馬所まで来ると駕籠から降り立ち、白足袋を泥水で汚しながら黙々と歩いていた。

そんな旗本たちの中に一人、威風堂々と歩を進める者がいる。

先を行く大名駕籠のつまらぬ争いなど、最初から気にも留めていない。

彫りが深く、男臭い顔立ちの偉丈夫だった。

疾（と）うに五十過ぎと見受けられたが、肩幅の広い体はがっしりしており、背筋も真っ直ぐ伸びていて、漂わせる雰囲気は精悍（せいかん）そのもの。

壮年の偉丈夫は見開いた目を前に向け、飄々（ひょうひょう）と大手御門を潜（くぐ）っていく。

矢部駿河守定謙、五十三歳。

新任の南町奉行である。

町奉行は老中支配の役職で定員二名。直参旗本から選ばれた者が任に着く。

二人の奉行が詰める役所があるのは、江戸城の外郭に位置する呉服橋（ごふくばし）と数寄屋橋の御門内。それぞれ北町奉行所、南町奉行所と呼ばれており、北町奉行の職は一年前、天保十一年（一八四〇）の三月二日から、当年四十九歳の遠山左衛門尉景元（とおやまさえもんのじょうかげもと）が務めていた。

彼ら町奉行の役目は犯罪の取り締まりにとどまらず、江戸市中の行政に関するすべてを統轄することであり、責任は重たい。

さらに幕府最高の司法機関たる評定所の一員でもあり、老中が同席する場所で天下の政(まつりごと)に口を出す権利まで持っている。

本来は旗本の中でも三千石取りの御大身が就く役目だが、八代将軍の吉宗(よしむね)公が享保八年（一七二三）に足高の制を定めて以来、能力さえ認められれば在任中は不足する石高を幕府から支給してもらえるので、先祖の武功によって定められた代々の家禄が少なくても障りはない。

矢部定謙も職に就いて以来、代々の家禄の五百石に二千五百石が加わり、今や押しも押されもせぬ御大身。

しかも北町より格上の南町奉行ともなれば自信を持ち、いつも堂々とした足取りで登城するのもうなずける。

しかし、周囲の目は冷ややかなものだった。

大名は駕籠の引き戸に設けられた覗き窓越しに、旗本は供侍が差しかけた傘の下から、それぞれに醒めた視線を向けている。

明らかに、軽侮の念が込められた眼差(まなざ)しである。

それは矢部定謙が引き起こした、ある事件に対する反応だった。

定謙が前任の筒井伊賀守政憲から職を引き継ぎ、将軍の家慶公より正式に拝命した上で、数寄屋橋御門内の南町奉行所に着任したのは四月二十八日。

登城の大名と旗本が揃って眉を顰めずにはいられない事件が起きたのは、その前々日、四月二十五日の夜更け。祝い酒に酔い痴れた隙を突かれ、下谷二長町の屋敷内に忍び入った何者かに連れ去られたまま、着任当日の朝になるまで行方が分からずにいたのである。

辛うじて登城の刻限に間に合い、将軍との拝謁の儀を無事に済ませて着任するに至ったとはいえ、不始末をしたのは事実。しかも定謙は拉致された先から逃れ出た後に吉原遊郭で一夜を明かし、翌朝に屋敷から呼び寄せた迎えの駕籠でそのまま登城に及ぶという、問題行動を取っている。

にも拘わらず、幕府は事を表沙汰にしていない。

公儀の体面を憚ってのことである。

定謙を罰するためには、理由を明らかにしなくてはならない。

かかる事実がもしも明るみに出れば、斯様な者をどうして町奉行に取り立てたのかと、諸大名から非難が続出するのは目に見えている。

関ヶ原の昔から幕政に不満を抱く、薩摩の島津氏や長州の毛利氏といった外様の大名たちは言うに及ばず、昨年の十一月に老中首座の水野越前守忠邦が発した三方領地替の命令を不服とし、領民も国を挙げて反対している庄内藩も、ここぞとばかりに幕府の落ち度を指摘するに違いない。

水野忠邦以下の老中たち、ひいては将軍の家慶公が恥を掻くのを防ぐためにはすべてを不問に付すより他になかった。

されど、人の口に戸は立てられぬものである。

新しい南町奉行が何者かに拉致され、就任当日の朝に吉原から駕籠を飛ばして大手御門前に乗り付け、登城に及んだとの悪評は大名だけでなく、旗本や御家人の間にまで拡がっていた。

大名たちは以前から酒色にだらしないと言われる定謙の素行を問題視し、本来ならば謹んで精進潔斎をした上で登城するべき就任の朝を、公許とはいえ遊郭で迎えるとは何事かと嘆いている。

一方の旗本と御家人は、曲者如きに後れを取るとはあの矢部様も老いたものだと呆れ返り、失笑せずにはいられなかった。

旗本の仲間内での人気が高く、格下の御家人たちにとっても憧れの存在だったからこそ、反動も大きかったのだ。

一昔前の矢部定謙は、出世頭と呼ぶにふさわしい傑物だった。

五百石取りの家に生まれた定謙が矢部の家督を継ぎ、最初に就いた役目は有事に幕軍の先鋒として戦う御先手組の鉄砲頭。

三十一歳の若さで火付盗賊改の長官となったのを皮切りに、知勇兼備でなくては全うできない特別警察の長を三度も勤め上げた後、派遣された大坂では堺奉行と西町奉行に任じられ、江戸に呼び戻されてからは勘定奉行の職に就いた。

そんな定謙が出世街道から外れたのは、水野忠邦との対立が原因。

制裁人事の標的にされてしまい、ここ数年の間は西ノ丸留守居役に小普請支配といった閑職にばかり就かされていたものの、熱心な猟官運動が功を奏し、ついに要職の南町奉行に抜擢されたのだ。

にも拘わらず酩酊した隙を突かれて屋敷から拉致され、醜態を晒してしまったのは由々しき大事だった。

なまじ人気が高かっただけに、失望も大きい。

忠邦の制裁人事で出世の途を閉ざされた定謙が酒食遊興に走り、荒れた日々を送って世間の評判を落とした当時も白眼視せず、陰ながら支持し続けていた旗本や御家人も、今や軽侮の念を隠さずにいる。

よほど活躍しなければ、定謙が名誉を挽回するのは難しい。前任の筒井伊賀守政憲を超える評判を得ない限り、名奉行とは呼んでもらえぬからである。

二十年の長きに亘って南町奉行の任を務めた政憲と、新参者をいきなり比べるのは酷というものだろう。

されど、定謙はやらねばならない。

かねてより町奉行の職に就くのを望んで止まず、相容れぬ仲の水野忠邦を除く老中たちにせっせと献金を重ねて、ようやく今の立場を得たからだ。

自分が南町奉行となった暁には江戸中の悪党どもを御用にし、伊賀守など足元にも及ばぬほどの手柄を立ててみせる。

定謙は派手に金をばらまくと同時に、そんなことも吹聴していた。

大見得を切った以上は、言ったとおりに事を為してもらいたい。

さもなくば嘘つき呼ばわりし、自分が取って代わってやろう。

旗本たちの中には斯様な考えを抱き、定謙が早々に失脚すると見越して、次の南町奉行職を狙い始めた者もいる。

着任して幾日も経っていないのに、定謙は危うい立場に置かれていたのだ。

にも拘わらず、その歩みは力強い。

白い目で見られても意に介さず、雨の中を悠然と進んでいく。

威風堂々と言い表すのがぴたりとはまる、貫禄(かんろく)十分の態度だった。

一体、どこに余裕があるのか。

この男の自信の源(みなもと)は、果たして何なのか。

訳(わけ)が分からぬまま、誰もが定謙の広い背中を見送るばかり。

貫禄に圧倒されたのか、旗本ばかりか駕籠に乗った大名までが、いつの間にか動きを止めていた。

「は、早(はよ)うせい！」

我に返った大名の供侍が、駕籠を担いだ陸尺(ろくしゃく)たちを急(せ)かす。

ともあれ、こちらも登城を急がねばならない。

降りしきる雨の中、人々はそれぞれの職場を目指していく。

天候が不順であっても例外を認められずに乗物から降ろされ、大手御門を徒歩で通過させられるのは、御大身の旗本ばかりではない。

その足元にも及ばぬ微禄の旗本や御家人も同じ御門を潜(くぐ)り、もちろん駕籠や馬など最初から用いることなく、屋敷を出た足で歩いて登城に及ぶ。

彼ら小役人が出仕する先は、内濠を渡った先の各所に設けられていた。

大手御門を潜ってすぐ目の前の下勘定所は、勘定奉行の配下に属する小旗本と御家人の職場である。

幕府の出入費の一切を取り扱う勘定所は、本丸の殿中(でんちゅう)と大手御門内の二箇所に設置され、それぞれ上勘定所(御殿勘定所)・下勘定所と呼ばれている。いずれも勘定奉行の管轄で、上下合わせて百六十名の人員が勤務していた。

商人の如く銭勘定に日々勤(いそ)しむのが武士らしからぬことと見なされ、算盤侍と揶揄(やゆ)されるのもしばしばである幕府の経理職は、勘定組頭、平勘定、支配勘定の三種類。勘定組頭には三百五十俵取りの旗本、平勘定には百五十俵取りの同じく旗本がそれぞれ任じられ、支配勘定は肩書きこそ立派だが、平勘定よりも格下で百俵取りの御家人が就く役目。

ちなみに勘定吟味役は勘定奉行の配下ではなく独立した役職で、老中から直々(じきじき)に命を受けて、勘定所の不正を取り締まる監視役である。在任中は五百石取りを保障されている上に、役料――役職者手当として三百俵を別途支給される、結構なご身分だった。

監視される側の算盤侍たちは薄給でも不満を抱かず、担う役目を遺漏(いろう)なく全うできるように、日々精勤（せいきん）している。

御殿勘定所詰の五十名と評定所詰の三十名を除いた八十名が、今日も朝五つ前から大手御門内の下勘定所へ出仕に及び、地味で目立たぬ、それでいて責任重大な役目に励んでいた。

その一人である笠井半蔵の裏の姿を知る者は、ほんの幾人かに過ぎなかった。

第二章　二足の草鞋

一

江戸城の内濠を吹き渡る風は穏やかだった。

午前中は強かった雨足も正午には弱まり、大手御門内の下勘定所からは算盤の珠の弾き合う音が絶えることなく、廊下にまで聞こえてくる。

御用に励む平勘定たちの中に一人、目立つ男がいた。

笠井半蔵である。

昼日中に見ると、精悍な顔立ちをしているのがよく分かる。

肌が浅黒く、彫りが深い。

古武士を思わせる風貌であった。

凜とした瞳と太い眉をきゅっと引き締め、半蔵は算盤と向き合っていた。

明治の世を迎えて十進法が定着するまで一般に用いられた、七つ珠の算盤だ。

左手を端に添え、算盤が動かぬように押さえた半蔵は、斜めに構えた右の親指と人差し指で、二つの天の珠と五つの地の珠を遅滞なく上げ下げする。

廊下には、むっとする臭気が立ちこめていた。

梅雨の最中となれば、やむを得ぬことである。

雨で濡れた装束を脱ぎ、中間に持って来させた挟箱から着替えを出して装いを改めたとはいえ、風通しの悪い空間に八十人もの男が籠もりきりでいれば、屋内の空気は自ずと澱んでしまう。時節がらのことと割り切って、汗臭いのを辛抱しながら目の前の作業に取り組むしかない。

湿気と異臭に満ちた用部屋で半蔵は一心に算盤を弾き、求めた値を書き付ける手を休めずにいた。

些かも、寝不足とは感じさせない。

集中力だけではなく、たくましさも抜きん出ている。

机を並べた朋輩の平勘定と同じく熨斗目の着物に裃を重ね、半袴を穿いた半蔵の体格は、座業を専らとする身らしからぬものである。

折り目正しく膝を揃えて座っていても、身の丈は察しが付く。

座高と足の長さを足せば、優に五尺八寸に達している。西洋人並みの六尺豊かな大男が珍しい時代に在っては、巨漢と言っても差し支えあるまい。

それでいて肥えすぎてはおらず、腹も尻も引き締まっている。腰はどっしりと据わっており、背が高くてもひょろりとした印象など与えられない。

上背に見合って四肢は長く、太い。

着物の袖口から突き出た両の腕は筋肉が盛り上がり、袷の麻地越しにも胸板の厚さが見て取れる。

刀を打ち振るうための土台となる足腰が安定しており、上半身も発達しているのは、熟練した剣客と野球選手に共通する特徴だった。

反りがある日の本の刀は、遠心力が加わってこそ威力が発揮される。

刃が付いているからといって、力任せにぶん回すばかりでは用を為さない。

使いこなすためには十分に手慣らし、手の内を錬らなくてはならないのだ。

斬る対象に当たった瞬間に最大の遠心力を生み出すには、切っ先の描く放物線が最大限に達するように、刀を投げ出すつもりで振り抜く必要がある。

もちろん本当に手放すことなく、柄を握った手指を的確に締め込み、軸となる足を踏ん張って重心を定め、思いきり振り下ろして一瞬の勝負を制するのだ。

ゴルフクラブやテニスラケットについても同様のことが言えるが、刀と扱い方が最も近いのは野球のバット。

半蔵の体付きは、後の世の強打者を彷彿させるものだった。

刀を得物、すなわち得意な打物として振るう上で求められる、世の剣客たちにとって理想と言うべき肉体を、この男は備えている。

それでいて、算盤の扱いも上達がめざましい。

算盤と同様に刀も道具。扱いにはコツがある。

そのコツを身に付けるために技を学び、刀を打ち振るうために必要な体の部位を稽古の中で鍛える一方で、日常の立ち居振る舞いから一切の無駄を配することを目指すのも、剣の修行の一環と言えるだろう。

半蔵の算盤さばきが上達したのは、慣れた刀の扱いに相通じると理解したのがきっかけだった。

机に向かって珠を弾く指の動きに、以前のぎこちなさは見受けられない。

まだ完璧とは言えないまでも、自然に背筋を伸ばして座った姿を保ち、無闇に首を傾げることなく、目線だけを算盤に向けている。

目の前の作業ばかりに気を取られ、固まった姿勢になることもなかった。

「笠井、ちと尋ねても構わぬか」

「ははっ」

隣の席の先輩から呼びかけられれば即座に応じ、作成中の書類から必要な箇所を速やかに見出す。

一点にばかり集中するのは、後の世の剣道や居合道においても慎むべきこととされている。敵は目の前の一人だけとは限らないと考え、不意を突かれても後れを取ることなく体と刀をさばき、連続して応戦しなくてはならないからだ。

相手に向き直るときに腰まで正対させるのも、この用部屋においては有り得ぬことだが、万が一にも刀を向けられた場合に備えていればこそである。

両の脇を常に締め、みだりに拡げずにいるのも行住坐臥、隙を見せない心がけの現れだった。

平時は城中の警固に当たり、いざ合戦となったときは将軍の親衛隊として戦う大番や書院番、小姓組や新番といった武官にも、ここまで鍛錬の程を感じさせる者は珍しい。

それもそのはずである。

半蔵は真剣勝負を知っている。

一挙一動に隙が無いのは、少年の頃から稽古を重ねたことに加えて実戦の場で多勢の敵を幾度も相手取り、そのたびに生還してきたが故(ゆえ)なのだ。

太平の世の武士に、そんな折など滅多に訪れるはずもない。

まして、算盤侍は帯びた刀など飾りにすぎない存在だった。

にも拘わらず、半蔵は鍛えられている。

地味な役目に就いていればこそ、尚のこと目立つのである。

もしや戦国乱世の合戦場から時を超えてやって来た鎧(よろい)武者が甲冑(かっちゅう)を脱ぎ、全身にまとわりついた血脂と硝煙の煤(すす)を洗い落とし、天保の世の侍になりすますべく装いを変えただけなのではあるまいか——。

そんな馬鹿げた空想を掻き立てられるほど、たくましく見えるのだ。

同役の平勘定はもとより、上役の組頭も人事には口を挟めぬ立場だが、武官に登用されぬのがもったいない、と常々思わずにはいられない。

たしかに、これほど鍛えられた体軀の持ち主ならば、乱世に生まれても十分に戦えたはず。ちまちまと算盤を弾いているよりも合戦に出たほうが、思うがままに武功を得られたに違いなかった。

腕に自信のある幕府の武官たちは、下勘定や支配勘定の旗本や御家人のことを頭から軟弱と見なし、算盤侍呼ばわりして憚らないというのに、つくづく珍しい男であった。

それほどまでに、勘定職は武士にあるまじき役目と見なされていたのだ。

後の世の日本軍にも、同様の問題が存在した。

海軍の艦隊勤務で艦内の物資を管理する立場から烹炊作業、すなわち飯炊きを務めの一部とする主計科が、そして陸軍では運搬が任務の輜重科が他科から軽く扱われ、兵たちの間で「主計輜重が兵隊ならば、蜻蛉蝶々も鳥のうち」なる戯れ唄まで作られたのは、軍務に就いていると言いながら戦闘に参加しないのを馬鹿にしてのことだった。

企業の内部で経理部が嫌われる理由も、同じと言っていい。

営業や生産の最前線で汗を流してもいないくせに給料を得ており、それでいて権限はやたらと強くて経費削減に口うるさく、数字を報告する以外は何の役にも立たず、現場を知らぬ身で何様かと見なされてしまう。

内勤で楽をしていると思われがちでも実際は苦労をしており、組織に無くてはならないのに穿った見方をされがちなのは時代を超えた、日の本の偏った労働観の為せる業だ。

かの石田三成が稀代の切れ者でありながら、武将としては非力だったために豊臣方の信頼を集められず、関ヶ原で敗軍の将となって憂き目を見たのも、後の世以上に武勇が重んじられ、武士が勘定に長けているのは賤しいことと決めつけられた戦国乱世においては、やむを得ぬことだったと言えよう。

武士全体の質が落ち、本来の戦闘員としての自覚と技倆が著しく低下した天保の世に在っても、刀を取る身でありながら銭勘定に従事する算盤侍は軽蔑の対象でしかなかったのである。

にも拘わらず、鍛えられた男がどうして混じっているのか。

武士道に照らせば、勘定方の身で日頃から武芸の鍛錬に励むのは不自然でも何でもない。自分は戦闘員ではないからと算勘の才能を磨くことにのみ徹し、他は何もせずにいる輩こそが、怠け者なのだ。

周囲から算盤侍と小馬鹿にされる勘定方であっても武士、しかも将軍に仕える直参である以上は武官であれ文官であれ、合戦場で刀槍を打ち振るうために必要な技と体を、日頃から培っておくのは当然のこと。

それぞれの家の格に応じて課せられる軍役を果たすためには、鎧兜も常備しておく決まりとなっている。

しかし、江戸開府から二百年余りの時が過ぎ去った日の本は天下太平。

勘定方に限らず、武士道の本義に則して日頃から己（おのれ）を鍛えている武士など限りなく少数派であり、剣術など元服する前後にかじった程度。

そんな生き方をしていても、役職さえ武士らしいものならば世間に恥じることなく、実は甲冑や槍を売り払ったり、質入れしている家も多かった。

このように実質が伴わぬ太平の世に在って、笠井半蔵は戦国乱世の武者を彷彿させる鍛錬ぶりを示して止まずにいる。

算盤を弾く両の手はごつく、節くれ立った指も太い。

野良仕事に長年従事してきた農民の如く、武骨な力強い指である。

荒武者のような雰囲気を漂わせる一方で、土の匂いも感じさせる辺りは、乱世に多かった半士半農の郷士に譬（たと）えるのがぴったり来る。

それでいて爪の手入れは行き届いており、七つ珠の算盤を休むことなく弾く指の動きは快調そのもの。

このところ、半蔵の勤めぶりは一変していた。

何事もてきぱきとこなし、つい先頃まで見るに堪えぬほど拙（つたな）かった算盤の扱いも日を追うごとに上達しつつある。

上役の組頭も同僚の平勘定も、厠に立ったついでに席の横を通るたび、七つ珠を弾く指の動きに思わず見入らずにはいられない。

かつての半蔵の算盤さばきは、商家に奉公したての丁稚でも連れてきたほうが役に立つと思えるほど、たどたどしかったものである。

それが今や別人の如く、てきぱきと日々の勤めをこなしている。

半蔵はもとより自堕落な質ではなく、与えられた仕事には不器用ながらも懸命に取り組んできた。

人柄も馬鹿が付くほど正直で、いつも朝一番で出仕して自分の机だけではなく周りの席まで雑巾がけをしてくれており、組頭は半蔵の無能ぶりに呆れながらも見放さず、同僚の面々も陰では小馬鹿にしていても、あからさまに邪魔者扱いをしようとまでは考えなかった。

半蔵には同情すべき点が多かった。

他家へ婿養子に入ったとはいえ、身元はしっかりしたものである。

だが、その出自こそが、不遇な少年時代を送ることを強いられた原因だった。

半蔵の父親は、公儀の御庭番を代々務める旗本の村垣範行。

されど、母の珠代(たまよ)は正妻ではない。屋敷へ奥女中として奉公に上ったところを範行に見初(みそ)められ、密かに情を交わした末に半蔵を孕(はら)んだのだ。

正妻にしてみれば、夫の心を奪った女が生んだ、血のつながらぬ子どもの存在が疎(うと)ましいのは当然のこと。

町家の出ながら肝が据わっており、高慢な武家の女たちを相手に一歩も引かぬほど勝ち気だった珠代が健在ならば、半蔵が継子(ままこ)いじめをされるのを見過ごしはしなかっただろう。

しかし、彼女はわが子を産み落とすと同時に命を落としてしまっていた。

せめて正式な側室に迎えられてから出産していれば、村垣の家の後継ぎ候補の一人になれたはず。

正室が頑として反対したためにそれも叶わず、取り残された半蔵は不遇な少年時代を強いられるより他になかった。

算盤が苦手なのも、義母に当たる村垣家の正妻が半蔵を毛嫌いし、自分の腹を痛めた息子たちと扱いに差を付けたのが原因。

些細(ささい)な落ち度を咎(とが)めて折檻(せっかん)したり、一人だけ粗末な食事を与えたりするのでは飽きたらず、まともな教育を敢えて受けさせてやらなかったのだ。

町家の子倅も手習い塾で教わる算盤や、九九に始まる算学の基礎を身に付けぬまま成長したのが災いし、半蔵は出遅れてしまったのである。

かかる境遇を見かねて、恐妻の尻に敷かれて口を出せない範行の代わりに救いの手を差し伸べたのは、すでに隠居していた祖父の定行だった。

家を継ぐ嗣子に万が一のことがあったときのため、正妻の子でなくても男児は大事にされるのが武家の習い。半蔵も大切に育てるべきなのに愚息の範行は恐妻家で当てにならず、定行も隠居の身では好き勝手に家を牛耳り、息子の嫁をやり込めるわけにはいかない。

そこで定行が打った手は伝手を頼り、築地の屋敷から出した半蔵を江戸郊外の武州の地に住まわせることだった。

本来ならば半蔵には文武両道の教育をしっかり施し、八代吉宗公が定めた御庭番十七家に属する、村垣家の後継ぎ候補にふさわしく育ててやりたかった。

それが叶わぬ以上、せめて強い男に成長することを促したい。

幸運に恵まれて出世を遂げたとしても、あるいは更なる不運に見舞われて零落しても、心と体さえ壮健ならば何とかやっていける。

斯様に判じて、定行は可愛い孫を遠い武州の地へ送ったのだ。

預けた相手は近藤三助方昌。

後の世の東京都八王子市に当たる戸吹村で名主の職を務めつつ、天然理心流の二代宗家として剣術と柔術、棍術を教える立場であった。

天然理心流は遠江国の郷士から身を起こした近藤内蔵之助長裕が創始し、江戸市中でこそ未だに無名に等しいものの、武州一円で人気を集める剣術流派。

直参旗本や御家人からは今も田舎剣術と馬鹿にされているが、その実戦志向の高さに魅入られ、定行と親しい小幡萬兵衛のように進んで入門した幕臣も少なくない。

そこで定行は旧知の萬兵衛を介して方昌に会い、不遇な孫を一人前の兵法者に育て上げてくれるように頼んだのだ。

かくして半蔵は十代の大半を武州で過ごし、師の方昌が若くして不慮の死を遂げた後も戸吹村に残り、野良仕事と剣術修行に明け暮れた。

ちなみに方昌の亡き後、永らく空席のままになっていた天然理心流の三代宗家を継いだのは近藤周助邦武。

市谷の柳町に構える試衛館道場は一門の総本山で、半蔵も寸暇を見つけて足を運んでは、稽古をさせてもらっていた。

後の世の剣道や居合道においても、体ができていなくては話にならない。

とはいえ、筋骨隆々になれば良いわけではなかった。

安定した足の運びと目の配りさえできていれば、自ずと姿勢は保たれる。

その上で手の内を学び、柄（つか）の握りの緩急を調節しながら打ち振るい、慣らしていれば竹刀も木刀も、そして真剣も自ずと体の一部となってくる。

そんな半蔵を見込み、婿にと望んだのが笠井家だった。

幕府の武官、それも小十人組（こじゅうにんぐみ）や御先手組のように、掛け値抜きの猛者（もさ）でなくては就けない役目の家ならば、屈強な青年に成長した半蔵を入り婿に選んだとしてもうなずける。

だが、笠井家は代々の勘定所勤め。

しかも歴代の当主は算勘の才に長けた者ばかりで、先代の総右衛門（そうえもん）も頭はとびきりに切れるものの、武芸とはまったく無縁の人物。

剣の腕しか能のない半蔵を婿に迎えるほうも迎えるほうだが、笠井家との縁談を乗り気でまとめ、武州の地で伸び伸びと暮らしていた半蔵を江戸へ呼び戻した定行も、孫の適性を無理したとしか思えない。

そんな婿入り話に乗せられたのが運の尽きで不向きな役目に就かされ、おまけに父親と同様に恐妻の尻に敷かれ、気苦労が絶えぬとは気の毒な奴よと、誰もが半蔵を哀れんだものである。

されど、もはや半蔵に憐憫（れんびん）は無用であった。

朝一番で出仕に及ぶことがなくなり、毎日遅刻ぎりぎりに用部屋に駆け込んでくるばかりか、居残りもしない。

職場での立ち居振る舞いも、以前とは違う。

つい先頃まではいつも背中を丸め、大きな体をできるだけ小さくして目立たぬようにしていたのが堂々と胸を張り、背筋を真っ直ぐに伸ばしている。

それでも偉そうな態度を取ったり、生意気な口を叩くことはなかったが、以前とは違って一挙一動に自信がみなぎっている。

仕事ぶりが以前のままでは話にならぬが、半蔵は算盤さばきも目に見えて上達している。

残業せずに定刻でさっさと引き上げるのも、任された御用に日中のうちに集中して取り組み、余さず終わらせることができていればこそ。

この三月（みつき）ほどの間に、何か得るものがあったに違いない。

一体、何が半蔵を変えたのか。

半蔵の仕事ぶりが上達し、苦手だったはずの勘定所勤めに身が入り始めた真の理由を、同役の者たちは誰も知り得ずにいた。

二

半蔵に異変が起きたのは昼八つを過ぎ、雨が上がった後のこと。

「うう っ……」

「何としたのだ、笠井?」

「は、腹……が……」

「はきと申せ」

「い……痛うてなりませぬ……」

「しっかりせい」

両隣の平勘定が心配そうに覗き込む。

半蔵は精悍な顔を苦しげにゆがめ、机に突っ伏していた。

「よもや食あたりではあるまいな?」

素っ飛んできた組頭(くみがしら)が、不安げな表情で問いかける。

物が腐りやすい季節がら、有り得ることだった。

江戸城であれ諸大名の藩邸であれ、執務する役人の食事は自宅から弁当を持参させるのが基本だが、御用繁多な勘定所では仕出しの弁当を取っている。

大食漢のはずの半蔵が今日はほとんど箸を付けずに残していたが、わずかでも口にしたのは事実。もしも食中毒を起こしたのであれば、一同も危ない。

そんな組頭の不安を和らげるべく、半蔵は気丈に微笑む。

「ご、ご懸念には及びませぬ……。ち、中食のせいに非ざれば、何卒ご安堵くだされい……」

「されど、斯様に苦しそうではないか」

「実を申さば、出仕に及びて早々から腹具合が優れずにおりました……家の恥を晒して恐縮なれど、昨日に買い求めさせし豆腐が、傷んでおったのではないかと存じまする」

「豆腐とな」

「左様……好物なれば、朝から生のままにて口にいたしました」

「おぬし、一夜置いた豆腐を火も通さずに食したのか？」

「さ、左様にござる……」

「馬鹿者め。幼子でも、今少し考えてものを食らうであろうぞ」

厳しく叱(しか)り付けながらも、組頭は半蔵を気遣うのを忘れない。日頃の働きぶりが十年目にして、やっと安心して見ていられるようになってきたからこそだった。

「医者を呼んで遣(つか)わす故、暫(しば)し横になっておれ」

「そ、それが……勝手を申して恐縮なれど、す、すぐには収まらぬことかと……う、ううっ！」

見れば、半蔵は腰を浮かせていた。

このままでは衆目の中で粗相(そそう)をしてしまうと、態度で示して止まずにいる。

子どもであっても恥ずかしいことを大の男、しかも二刀を帯びる身でやらかすわけにはいかない。

そんな緊迫感に、浅黒い顔をゆがませていた。

「は、早う行って参れ！」

組頭は慌てて手を打ち振り、厠へ走る背中を見送った。

暫しの後に戻った半蔵は幾分落ち着いていたが、まだ足がふらついている。

誰が見ても、続けて執務させるなど無理なことだった。

「本日は退出して構わぬ。早々に帰って休むがよかろう」

「か……かたじけのう存じまする……」

組頭に礼を述べた半蔵は、机の筆硯(ひっけん)と算盤を震える手で片付ける。

「されば……お……お先に失礼を……」

「う、うむ」

「大儀(たいぎ)であった」

声をかけた両隣の平勘定ばかりでなく、離れた席の者たちも、みんな心配そうな面持ちになっていた。

以前の半蔵が同じ真似(まね)をすれば、たちどころに渋い顔をしたことだろう。

同僚が不意の早退に及べば、残った御用は他の者に廻される。

つい先頃までは仕事がのろく、その日のうちにこなしきれずに往生することもしばしばだったため、尚のこと嫌がられただろう。

だが、今の半蔵は前と違う。

すでに一日の御用(ごよう)は済んでいる。

別の書類を作成せよと組頭がそろそろ命じてくるであろうことも、抜かりなく先読みしていた。

用事が無ければ労を厭(いと)いはしないが、今日は別の御用を果たすため、日のあるうちに下勘定所を抜け出したい。

そこで半蔵は思案の上、一芝居(ひとしばい)打ったのである。

本当は、腹など痛くも痒(かゆ)くもない。

算盤が苦手な頃から真面目さだけが取り柄だった男が不意の病気と偽(いつわ)り、巧みな芝居を打つとは誰一人、考えてもいなかった。

三

何食わぬ顔で大手御門を後にして、半蔵が向かったのは八丁堀(はっちょうぼり)の呉服橋(ごふくばし)。

江戸城の御濠(おほり)とつながる道三堀(どうさんぼり)に沿い、しばし歩けば目と鼻の先である。

雨上がりの通りを往く足取りは力強い。

己の意志で決めたことを果たしに行く、男の顔をしていた。

訪ねた先は北町奉行所に近い町人地の一画に建つ、小さな煮売屋。

屋号は『笹(ささ)のや』。

女将(おかみ)と板前が二人で営む、こぢんまりした店だった。

まだ暖簾(のれん)は掛かっていない。

半蔵は勝手知ったる様子で裏手に回り、勝手口の戸を開ける。

「何だい、お前さんかい……」

不機嫌な顔を覗かせたのは、二十代半ばの若い板前。

仕込みの最中だったらしく、豆絞りの手ぬぐいを頭に巻いている。

身の丈は五尺二寸ばかり。六尺近い半蔵と向き合えば頭ひとつ小さく、自ずと見上げる格好になる。

「あんまり気安く訪ねてくるもんじゃねぇぜ。迷惑たぁ思わねぇのかい」

半蔵をじっと見上げる、板前の眼光は鋭い。

小柄ながらも迫力は十分だった。

色白で華奢な容姿をしており、界隈の町娘たちから熱い視線を集める人気者であるのに、今は剣呑な雰囲気を漂わせて止まずにいる。

「そう邪険にするものではないぞ、梅吉」

「へっ、気安く呼ぶんじゃねぇや」

板前はちっと舌打ちをした。

「ところでお前さん、昼日中っからどうやって役所を抜け出したんだい」

「ちと食あたりを装うたのだ。中食をわざと残し、朝餉の豆腐が腐っておったと申してな」

「疑われねぇように、昼飯にゃ箸を付けなかったってことかい」

「左様」

「不器用なくせに、何かと芸の細けぇこったなぁ」

「何事も慣れというものよ」

飄々と答えつつ、半蔵は板場の脇をとおり抜ける。

この『笹のや』は老中首座の水野忠邦が倹約令を強化したのが災いし、活気が乏しくなって久しい江戸で人気の一軒。

店を開けるのは朝と夜のみだが、板前の梅吉が拵える丼物は屋台売りの蕎麦と同じ十六文でありながら安くて美味いと評判で、いつも朝早くから客が長蛇の列を成している。昼の休憩を挟んで仕込みを済ませ、晩になってから供する酒と肴も値を抑えたものばかり。高価な灘の下り酒など、最初から置いてもいない。

庶民の贅沢を厳しく禁じた政策に抵触しておらず、市中の暮らしを監視する御小人目付から睨まれる恐れが皆無とあって、近頃は町人に限らず士分の常連客も増えていた。

この『笹のや』の人気には、今一つの理由がある。

板場と隣接する十坪ばかりの土間には、客が食事をする飯台と腰掛け代わりの空き樽が整然と並んでいる。

普請場から板の切れ端を貰って拵えた粗末な台でも、手入れを行き届かせれば自ずと立派に見える。きれいに木目が浮き出ているのは、女将が磨き上げるのを日々欠かさずにいればこそだった。

土間に立つ半蔵の目に、飯台を拭く女将の姿が映る。

両袖をたくし上げて白い腕を剝き出しにし、飯台の雑巾がけに励んでいた。

駒、二十一歳。

昨年の春から八丁堀に居着き、四歳年上の梅吉と共に『笹のや』を店開きして早くも一年。

変わらず繁盛している『笹のや』の人気の半分は、梅吉が腕を振るった結構な料理に、残る半分はお駒によって支えられている。

とはいえ、取り立てて美女というわけではない。

丸顔で鼻が低く、双眸は黒目がち。

せいぜい十人並みの造作だが、顔立ちが整っていても偉そうに振る舞うだけの美女よりは、愛想が良くて親しみやすく、いつも健気に働く女人のほうが世間の男たちにとって好ましいのは、いつの時代も変わらない。

雨が上がった屋内は、一気に暑さが増していた。

額に汗して、お駒は雑巾がけに励んでいる。

顔立ちこそ並だが、体付きは違う。身の丈は五尺そこそこだが、脚はすらりと長い柳腰。胸と尻には適度に張りがあり、袖から覗いた腕は白く、染みひとつ見当たらない。

芸者あがりではないのかと噂されるほど物腰は優雅で、所帯じみた雰囲気とは無縁だった。

そんな女将が安くて美味い料理を毎日笑顔で供してくれるのだから、男たちが集まらぬはずはない。

だが、何事にも表があれば裏もある。

世間には知られざるお駒と梅吉の顔を、半蔵はかねてより承知の上。

なればこそ二人に煙たがられながらも遠慮せず、自身も人知れず果たしている影の御用に協力させているのだ。

「また来たのかい、旦那？」

半蔵に気付くや、お駒は呆れた声を上げた。

「昨日の今日だってぇのに、また何かやらかすつもりかえ」

「着替えをさせてもらうぞ」

お駒に二の句を継がせず、半蔵は二階に上っていく。

角度の急な階段を上った先は板の間だった。

土間の片隅に設けられた小揚(こあ)がりの座敷と違って、畳(たたみ)は敷かれていない。

それでも掃除は行き届いており、塵(ちり)ひとつ見当たらなかった。

板の間の隅に行李(こうり)が置かれている。

半蔵が持ち込んだものである。

裃を脱ぎ、熨斗目の着物も肩からすべり落とす。

肌襦袢(はだじゅばん)一枚の姿となって、行李から取り出したのは木綿地の単衣(ひとえ)と袴。

袴には折り目が付いており、付属の紐(ひも)もきちんと結んである。

微笑みを浮かべつつ、半蔵は袴の紐を解く。

袴には四本の平たい紐が付属している。帯を締めた上から袴を穿き、この紐を締めることでずり落ちぬように固定するのだ。

半蔵は勘定所とは別の御用を果たしに出向くため、衣装を二着持っている。

一着は、昨夜に用いた黒装束。

すでに水をくぐらせ、皺(しわ)を伸ばして陰干しにしてあった。

半蔵が脱いでおいたのを洗濯し、日に焼けぬように屋内に干したのは、お駒がやってくれたことだった。

もう一着の備えが、半蔵が行李から取り出した単衣と袴。

木綿の着物は絹物と違って倹約令に抵触せず、武士はもとより町人が着ていても差し支えなかったが、武家の常着である袴は晴れ着にすることしか認められておらず、こうして粗末な綿布を仕立てたものでも、みだりに穿いて出歩けば罪に問われる。

半蔵は変装した上で大小の二刀を帯び、士分でも身分の低い、武州の田舎から出てきた郷士になりすますつもりだった。

このところ半蔵は二着の衣装を使い分け、下勘定所勤めとは別の御用を密（ひそ）かに果たしている。

御用と言っても、上（うえ）つ方（かた）から命じられたわけではない。

半蔵自身の意志の下で、実行に移していることである。

まずは単衣に袖を通し、角帯（かくおび）を締める。

一見したところ本場の献上博多（けんじょうはかた）そのものだが、実は武州で量産されている安価な模造品だ。

大身旗本に多い、何事も銘柄（めいがら）にこだわる輩であれば最初から買い求めもしないことだろうが、織りさえ丈夫であれば半蔵にとっては十分だった。

独鈷模様を巧みに写した帯を、半蔵は袴下結びにする。

腰の後ろで作った結び目に合わせて袴を穿き、四本の紐を順に締め込む。

手許に視線をいちいち向けることなく、着付けをする動きは慣れたもの。

袴を穿くと、脇差を帯の一番内側に差す。

後で刀を差すときは、三枚重ねになっている帯を一枚隔てて左腰に帯びることになる。鞘同士が擦れ合わないので傷付かず、抜き差しもしやすいからだ。

廃刀令が徹底された明治以降の世、とりわけ太平洋戦争終戦後の日の本においては勘違いされがちだが、刀も脇差も一挙動で抜き打つことができるように、刃を上に向けた形にして帯びるのが正しい。

ちなみに刀の鞘を帯だけでなく、左腰の袴紐にも潜らせるのは、帯びたときの角度を水平に近い状態に保つ、支えにするためである。

脱いだ袢と熨斗目の着物、半袴を畳み、まとめて風呂敷に包んだところで支度は終わった。

半蔵は刀を右手に、風呂敷包みを左手に提げて、階段を下りていく。

単衣も袴も火熨斗（アイロン）がきちんと当ててあるので、身に着けていて気持ちが良かった。

綿袴は手入れがしにくい。後から火熨斗をかけるだけではなく、洗い終えたらすぐに手のひらで折り目を伸ばし、形を十分に整えて干さないと、乾いたときは見るも無惨な姿に成り果ててしまう。

半蔵のために、お駒は念入りな手入れを心がけてくれているらしい。

有難いことだが、これも弱みを握っていればこそ。

当のお駒も、こちらに親しみなど覚えてはいない。

階下に半蔵が降り立ったのに気付いても、素知らぬ顔のままだった。

四

お駒の態度はどこか妙だった。

「袴の手入れは面倒であったろう。毎度のこととは申せ、かたじけない」

「へん、手持ち無沙汰なときにやっただけだよ」

謝意を述べても、そっぽを向いたままで憎まれ口を叩くばかり。

続く言葉も剣呑そのものであった。

「ねェ旦那、いつになったら殺らせてくれるんだい……？」

「何のことだ」

「決まってんだろ。矢部駿河守だよ」

「………」

半蔵は黙って見返す。

「いつまで待たせるつもりなんだい、ねェ？」

重ねて問いかけるお駒の口調は苛立っていた。

半蔵が二階に昇っている間に雑巾がけを終えたらしく、まとめて洗った客用の箸を笊に入れて抱えている。

昨今は割り箸を用いる店も増えてきたが、お駒は客に供する料理の値段を少しでも安くすることを心がけ、費えを控えるために竹箸を繰り返し用いている。

使い回しでも、飯粒や野菜の切れっ端がくっついていたことは一度もない。

半蔵が階下に降りてきたときも、お駒は汚れが残っていないのを一本ずつ確認しながら、飯台の上の箸立てに戻しているところだった。

しかし、今の彼女に話しながら手を動かす余裕は無い。

抱えた笊を、お駒はどんと飯台に置く。

「答えなよ、旦那ぁ」

弾みで土間にちらばった箸を見向きもせずに、詰問する口調は厳しい。

顔からはいつもの可憐さが消え失せ、眉をきつく吊り上げている。

威嚇の態度を示されても、半蔵は微塵も動揺しない。

無言で飯台に歩み寄りつつ、刀を左腰に落とし込む。

袴紐に潜らせなかったのは、部屋の中で大小の二刀を閂――水平に近い角度に帯びていると邪魔になるからである。

いつも飯台の上にはきれいに洗った碗がまとめて置かれ、温かい茶を満たした土瓶が用意されている。

酒を口にせず、食事だけ注文する客のための配慮だが、まだ夜の店開きをする前なので土瓶の茶は入れ替えていない。朝の客に供した余りがほんの少し、底に残っているだけだった。

澱んだ茶を碗に注ぎ、立ったままで喫する半蔵を、お駒は荒い息を吐きながら見やっていた。

客を優しく迎えるときの甘い微笑みは、今やどこにも見当たらない。

これが、彼女の本来の顔なのだ。

実のところは新任の南町奉行の命をかねてより付け狙う女賊であり、阻む半蔵に改めて必殺の宣言をし、はぐらかされれば怒鳴り返すほど気が強いのだ。

しかし、怒るばかりでは埒が明かない。

半蔵が存外にしたたかなのを、お駒は知っている。

職場でも家庭でも小さくなっていた頃と違って、このところ目に見えて覇気が充実してきたのも承知の上。

下手に張り合ったところで、疲れるばかりである。

ならば逆に半蔵を怒らせ、キレさせて、本音を言わせたほうがいい。

落ち着きを取り戻したお駒は、努めて冷静に問いかけた。

「ところで旦那、今日はどこまで出向くつもりなんだい？」

「根津だ」

「へぇ……雨が上がったからってんで本郷の先までわざわざ出向いて、躑躅見物としゃれ込むつもりかえ」

「左様。躑躅もそろそろ見納めだからな」

「へん、最初っから見る気もないくせに」

とぼけた口調で答えた半蔵に、お駒は苦笑を投げかける。

「旦那が極めつきの野暮天（やぼてん）だってことぐらい、うちの店にはじめて来たときからお見通しさね。ほんとに躑躅見物に行くってんなら、美人の奥方を連れて行くがよかろうさ」

「成る程、それはいいな」

怒り出すかと思いきや、茶碗を置いた半蔵は朗らかに笑うばかり。

どうあっても、こちらの知りたいことには答えてくれそうにない。

舌打ちをしたい気持ちを堪えて、お駒は話を切り替えた。

「それにしても、お前さんって物好きなお人だね」

「ん？」

「あっちこっちの盛り場にわざわざ足を運んでさ、掏摸（すり）やかっぱらいを手当たり次第にやっつけてんのは、何も矢部から頼まれたわけじゃないんだろ」

「さに非（あら）ずと申さば、何とする」

「じゃ、やっぱり矢部の手先になってるのかい!?」

お駒は慌てた声を上げた。

応じる半蔵の口調は、あくまで落ち着いている。

「ふむ……やはり、知りたいのはそのことか」

「お奉行と俺がつながっておるのか否かを、勘繰(かんぐ)っておるのだろう？」

ずばりと斬り返す表情は冷静そのもの。

さすがの女賊も、続けて問いかけることはできなかった。

黙り込んだお駒を、半蔵はじっと見返した。

「安堵せい。そも、お奉行には久しくお目もじしておらぬ」

「じゃ、どうして悪党退治なんぞしてるのさ」

「俺は、己の望むがままにやっておるだけだ」

「それじゃ頼まれてもいないのに、わざわざ骨を折ってるのかい」

「左様」

半蔵の態度に気負いはない。

板場から目を光らせている梅吉を視界に入れつつ、あくまで自然体だった。

「ほんと、あんたは物好きだよ……」

お駒は深々と溜め息を吐(つ)いた。

「あんたの腕が立つのはあたしらも承知の上だけどさ、やり合う相手をあんまり舐(な)めて掛からないほうがいいよ」

「何だよぉ」

「それは、どういうことだ」

「掏摸の中にも腕利きはいるってことさ。懐中もんを狙うだけじゃなくて、人を殺すことにも慣れた奴が……ね」

「おぬし、俺のことを気に懸けてくれておるのか」

「違うよ」

微笑む半蔵を見ようともせず、お駒はぷいと横を向く。

「あんたがどうなろうと知ったこっちゃないけどさ、もしも何かあったらこっちも寝覚めが悪いってんだよ」

「左様に思うことを、気に懸けると申すのだ」

「へん、そんな大したもんじゃないさ」

お駒は土間に散らばった箸を拾い、洗い直しに井戸端へ出て行く。

素直でないのは、板前も同じだった。

「こいつを食ってきな。矢部の片棒を担ぐにしたって、腹ぁ空かしたまんまじゃ戦になんざならねぇだろ」

嫌みを言いつつ供してくれたのは、あぶった鯵の干物を飯に載せ、熱い出汁をかけ回した一品。

伊豆七島で産するくさやを用いれば風味も格段に違うのだろうが、賄いの余りと思しき干物をむしって載せてくれただけでも、十分すぎる馳走だった。

「かたじけない」

礼を述べると、半蔵は箸立てに手を伸ばす。

小ぶりの丼から立ち上る湯気が芳しい。

「うむ……」

持ち上げた丼に口を付け、出汁を啜った半蔵の顔が、ふっとほころぶ。

美味しい料理は人を笑顔にしてくれる。

美女を侍らせて高価な酒を口にするよりも、落ち着ける場所で供してもらった一碗の飯のほうが、よほどいい。

半蔵にとって『笹のや』は、一年越しの憩いの場所であった。

妻との仲が上手くいかず、我慢もこれまでかと思えた昨年の春に店開きをしてくれたおかげで、日々萎えるばかりだった心が、大いに救われたものである。

憎々しくも可愛いお駒と、わりない仲になったわけではない。

佐和が寝起きに癇癪を起こし、食事もできずに屋敷を出たときに立ち寄っては朝から丼飯を食らい、夜は残業帰りに一献傾けるという日常を、他の客と同様に過ごさせてもらっただけのことである。

常連客は、誰もが彼女と接するのを楽しみにしている。

それでいて抜け駆けや無体な真似をする者は誰もおらず、一見の客で口説こうとする愚か者が現れれば梅吉が板場から出てくるまでもなく、客同士で協力して叩き出すのが常だった。

とはいえ、半蔵も木石には非ざる身。お駒とそうなりたい気持ちが皆無だったわけではないが、今となっては何事もなくて良かったと思っている。

この店を営む二人の正体を知ってからは以前のようにくつろげず、持ちつ持たれつの関係とならざるを得なくなったのは、実を言えば寂しいことである。

できることならば、何も知りたくはなかった。

だが、今さら突き放すわけにはいかない。

とぼけた態度を装いつつも、半蔵はお駒の言葉にずっと耳を傾けていた。

「言っとくけどさぁ、お前さんが助けてんのはあたしたちの仇なんだよ」

黙々と箸を動かす半蔵を前にして、女将は焦れていた。

一年前に『笹のや』を店開きして以来、呉服橋界隈ばかりか他の町からも足を運んでくる客たちの人気を集めて止まない彼女の正体は、江戸でも名の知られた盗賊の一人娘。

そして板前の梅吉は、お駒の育ての父である夜嵐の鬼吉が片腕と見込み、一味の小頭を任せていた霞の松四郎の忘れ形見。

二人の父親は、すでにこの世にはいない。

火付盗賊改の長官職を務めていた当時の矢部定謙に捕物の現場で抵抗し、共に斬り捨てられたのだ。

まだ幼かった二人は江戸から逃れて成長し、共に盗賊となった上で定謙に復讐するべく舞い戻ってきたのである。

これは武士が家長の汚名をすすぎ、家名を復興させるために果たす仇討ちとは根本から意義が異なる、ただの意趣返しでしかない。

半蔵としては、思いとどまらせたい限りであった。

素性が露見すれば二人まとめて御用にされ、間違いなく死罪に処されるのが目に見えているからだけではない。

お駒にとって定謙は仇であると同時に、実の父親でもあるのだ。

奥女中に手を付け、孕んだとたんに屋敷から追い出したやり方は、本妻の尻に敷かれていながらも半蔵が無事に生まれるように取り計らってくれた、村垣家の父よりも遥かに酷い。

　されど、定謙とお駒は血縁でつながった仲である。

どちらが生き残るにしても、命のやり取りなど絶対にさせたくはない。自身もお駒と似た生まれであればこそ、半蔵はそう思わずにはいられなかった。

「聞いてんのかい、旦那ぁ」

　凄んでも効き目はないと気付いたお駒が、甘えた声で呼びかけてくる。

　飯粒ひとつ残さず食べ終えた丼と箸を置き、半蔵は口を開いた。

「忘れたのか、おぬし。機を待つとの約束であろう」

「だからさ、それはいつになるんだい」

「すべてはお奉行が落ち着かれてのことだ」

「どういうことさ」

「決まっておろう。南町の奉行として、天下に恥じぬお人であるのを認められてからだ。それまでは、謹んでお待ち申し上げねばなるまい」

「へっ、勝手なことを言いやがる」

「左様に申すな。志半ばで引導を渡されてしまうほど、男にとって口惜しいことは無いのだぞ」

「女だって同じだよっ。好き勝手ばかり言いやがって……」

ぷんぷんするお駒に続き、梅吉も半蔵を睨み付ける。

「姐さんが腹ぁ立てなさるのも当たり前だ。ふざけるのもいいかげんにしておくがよかろうぜ、サンピン」

四歳も年上でありながら、梅吉はお駒のことを「姐さん」と呼ぶ。

実の兄と妹同様に育った仲でも礼を失さず、女親分と見なして敬意を払うのを忘れぬ反面、半蔵に対しては遠慮が無い。こちらが微禄とはいえ、歴とした直参旗本であるのを意に介さず、言いたいことを吐き散らす。

「どんだけ俺らに迷惑をかけていやがるのか、てめぇは分かってんのかい？　お預けを食わされてるおかげで、俺も姐さんも毎日落ち着かねぇんだよ」

梅吉は常にも増して、怒りを露わにしていた。

応じる半蔵の態度は常の如く、冷静そのもの。

目を剝いて詰め寄る梅吉を、凜とした瞳で見返す。

「梅吉」

「な、何でぇ」

「文句があらば、はきと申せ」

「だからよ、こうして言ってんじゃねぇか」

「違うな」

「何がだい」

「おぬし、まだ腹の底まで明かしてはおらぬだろう」

「え……」

「思しきこと言わぬは腹ふくるる業と申すであろう。存念があるならば、はきと申すがよい」

「けっ、糞面白くもねぇ」

毒づきながら、梅吉は言葉を続けた。

「そこまで言うんなら、明かしてやろうじゃねぇか……俺ぁな、矢部の野郎が姐さんの口を塞ごうとして刺客を差し向けてきやがるんじゃねぇかって、いっつもひやひやしてんのさ。どうだい、これで得心が行ったかい？」

「左様であったか……」

梅吉の本音を聞かされ、さすがに半蔵も黙り込む。

たしかに、有り得ぬことではない。

南町奉行に就任する直前の拉致騒ぎの渦中において、定謙は自分が仇として命を狙われているのを知ってしまった。元はといえば半蔵と別に助勢を頼み、屋敷から連れ去って奉行就任を阻んだ上で、じっくり引導を渡そうとしたお駒と梅吉が悪いのだが、後の祭りでどうこう言っても仕方のないことである。

相手の正体が二十年近くも前に斬り捨てた盗賊の忘れ形見(がたみ)、しかも一人は自分の娘であると知った定謙が、少なからぬ衝撃を受けているであろうことは半蔵も察しが付く。一個の人間、そして父親の立場で悩みながらも、町奉行として体面を護(まも)るのを優先し、梅吉が案じる強硬手段を執る可能性も否定しきれない。

とはいえ、二人にばかり肩入れするわけにはいかなかった。

今や定謙は半蔵にとって死なせたくはない、大切な存在だからだ。

新任の南町奉行と半蔵は、奇妙な縁で結ばれていた。

本来ならば知り合うはずもない幕府の要人と出会い、親しくなるに至ったのは勘定奉行の梶野土佐守良材(かじのとさのかみよしき)から下された、密命が始まりだった。

半蔵は定謙の安全を人知れず護る、影御用を命じられたのだ。

梶野良材は六十九歳。

半蔵の実家である村垣家と同じ、御庭番十七家に属する梶野家の当主だ。

良材は御庭番仲間だった村垣定行と同様、諸国の大名領を探索する遠国(おんごく)御用で手柄を立てて、御庭番から御広敷番頭、勘定吟味役と出世を重ね、昨年の九月に勘定奉行の任に着いていた。

高齢の身でも矍鑠としており、頭も切れる良材が、二百名近い配下の中で最も目立たぬ半蔵に白羽の矢を立てたのは、良材の命を狙って差し向けられた刺客の一団を相手取り、苦戦しながらも撃退した剣の技倆を見込んだからだった。

良材は上役とはいえ直に顔を合わせる折など滅多にない、定謙にも増して幕閣で重要な地位を占める人物である。

勘定奉行は定員四名。その内訳は幕府の財政を運営する勝手方が二名、将軍家の直轄領である天領の民政、および年貢の徴収など地方財務を管掌する公事方が同じく二名。旗本が就く役目としては、若年寄に次いで地位が高い。

公事方の奉行は火付盗賊改の長官などと同様に、在任中は個人の屋敷を役所と兼ねる、いわゆる役宅として用いる決まりになっている。

良材は勝手方の奉行であるため、二箇所の勘定所を行き来して執務するのが常だった。

いつも夜が明ける前の暁七つ半に大手御門内の下勘定所へ出仕し、決裁待ちの書類に目を通した上で、待機させていた勘定吟味役および勘定組頭と打ち合わせを行った後、朝五つ半には本丸殿中の上勘定所へ移って執務し、午後から下勘定所に戻ってくる。その折に半蔵を私室に呼び出して前夜に任せた影御用の首尾を報告させ、定謙の無事を確かめた上で、日当の金一分を下げ渡していた。

天下の勘定奉行がなぜ定謙に肩入れし、自腹を切ってまで半蔵に報酬を与えて影御用を務めさせ、その身を護らせたのかは定かでない。

紆余曲折の末に定謙が南町奉行となってからは、影御用も絶えていた。

厄介な役目を免じられた半蔵にしてみれば喜ばしいことであり、上つ方の考えなど意に介さず、貯まった報酬をぱーっと酒食遊興にでも散じて、すべて忘れてしまったほうが良いのは分かっていた。

だが、半蔵は定謙を助けるべく陰で動いている。

今度は陰の警固役ではなく、南町奉行所の検挙率を上げるために、江戸市中のさまざまな事件を解決するのに、人知れず手を貸していたのだ。

思えば、不思議な間柄だった。

天下の南町奉行にとって、平勘定など取るに足らない存在のはずである。

にも拘わらず、定謙は半蔵を頼りにしてくれていた。

報酬を受け取るのを固辞し、南町奉行所のために働いてくれていることに謝意を示して止まずにいる。

半蔵にとっては喜ばしいことだが、お駒と梅吉は怒り狂うに違いない。

あれこれと悪口を叩きながらも信頼を寄せている半蔵が、実は定謙と結託している
と知るに及べば、二度と店に出入りをさせないことだろう。

軽輩の自分を恃みとしてくれている、定謙のために働きたい。

一方で、親の仇を討ちたいと願う、お駒と梅吉の気持ちも理解できる。

なればこそ、事実を隠しておかざるを得ないのだ。

続いて口にしたのは、半蔵の偽らざる本音だった。

「おぬしたち、安堵せい」

「え……」

「お奉行が落ち着かれし上は必ずや、本願を成就させてやるぞ」

「信用していいのかい？」

「俺はお奉行の家臣ではないからな。陰のお役目が済んだ後までお護りする義理は持ち合わせておらぬ。当然、おぬしたちの邪魔もいたすまい」

疑わしげに問うたお駒に、半蔵は真摯に答える。

「騙しやがったら承知しねぇぞ」

「むろんだ。そのときはおぬしの出刃を受けても文句は言わぬ」

梅吉が凄んでも、真面目な面持ちは変わらない。

「そのへんにしときな、梅」

まだ食ってかかり足りぬ様子の弟分を押しとどめ、お駒は言った。

「だけどさぁ、落ち着く前に野郎が妙な真似をしやがったらどうするんだい」

「そのときは、謹んで止め立て申し上ぐるよ」

お駒に答える、半蔵の口調に気負いはなかった。

血を分けた父と娘が殺し合うところなど、願わくば見たくはない。

されど、いつの日か対決させねばなるまい。

お駒は育ての父のため、そして定謙に捨てられて、人生を狂わされてしまった母のために、決着を付けずにはいられないからだ。

勝手に突っ走らせるよりは、せめて自分が見届けてやりたい。

どちらに助太刀するのかは、今後の成り行き次第である。

もしも定謙が出世に目がくらみ、お駒と梅吉ばかりか半蔵のことまで亡き者にしようとしたら、手向かいするしかあるまい。

南町奉行所を盛り上げるための悪党退治と同様に、あくまで陰にて為すこととして定謙を成敗し、若い二人の悲願を叶えてやるつもりだった。

このまま味方をし続けるか。あるいは、敵に回るのか。

矢部定謙という男の本質を見極めた上で答えを出そう。

半蔵は、そう心に決めていた。

五

小半刻後、半蔵は根津権現を訪れていた。

雨上がりの境内は、濡れた石畳に西日が照り返す様もすがすがしい。

ここ根津権現の門前町は、江戸有数の盛り場である。

つい先頃まで門前の辻番所に屈強な若者が身を寄せており、老いていて余り役に立たぬ辻番を助け、境内や門前町に出没する掏摸やかっぱらいを取り押さえていたものだが、どうしたことか最近は姿を見せていなかった。

これ幸いとばかりに、鳴りを潜めていた小悪党どもが動き出すに違いない。

まして梅雨の晴れ間となれば、絶好の稼ぎ時のはず。

半蔵は左様に見込み、根津まで足を運んだのだ。

境内をぶらつく半蔵の懐からは、紙入れがはみ出している。

以前の影御用で手にした報酬が詰まった紙入れは、ずっしりと重い。

町奉行所や火盗改の同心が身なりを変えて同じ真似をしていれば、掏摸たちも罠だと気付いたことだろう。

変装して市中を探索し、あるいは罠を仕掛けて悪党どもをお縄にするのは役人の常套手段だが、様になっている者は少ない。どうしても士分の本性を隠しきれなかったり、目つきの鋭さが出てしまうからだ。

しかし、半蔵は目端が利きそうには見えない。

いかにも不用心な、田舎侍そのもののたたずまいは、祖父の村垣定行が生前に授けてくれた忍びの者の変装術『七方出』によるものだ。

凝った化粧をしているわけではない。

生来の風貌を生かし、姿形よりも立ち振る舞いをそれらしく見せるのが極意と教わったとおり、自然に振る舞っているだけだった。

それに半蔵は武州での田舎暮らしを通じて、野良仕事に汗を流す郷士の日常を知っている。土地に根付いた天然理心流の稽古に励み、刀の扱いに慣れてはいても日頃は帯びぬため、袴を穿いた姿ともども様にならないと承知していた。

あくまで自然に振る舞う半蔵が、掏摸たちから格好のカモと見なされて、早々に懐中物を狙われたのも当然だった。

朱塗り(しゅぬ)も見事な権現造りの本殿を振り仰ぎつつ、半蔵はきょろきょろと周囲を見回しながら歩を進める。

その懐中に、すっと指が伸びてくる。

紙入れが半ばまで引き出されるのを待って、半蔵は手首を発止(はっし)と摑む。

次の瞬間、若い掏摸が一回転して石畳に叩き付けられる。

半蔵は腕を摑んで保持し、加減をするのも忘れていない。

ぐったりした掏摸の手から紙入れを取り上げ、立ち上がらせる。

と、そこに着流し姿の男たちが押し寄せてきた。

「わっ」

「きゃあ」

近くに居合わせた、参詣(さんけい)の善男善女が慌てて散った。

五人の男は半蔵を取り囲み、鋭い視線を向けてくる。

「てめぇ、味な真似をしやがって！」

「田舎侍め、大人(おとな)しくそいつを寄越さねぇかい」

男たちは懐中の九寸五分の鯉口（こいぐち）を切り、いつでも抜ける体勢を取っていた。

半蔵を変装した役人と見なせば、ここまで無茶はしないだろう。

本物の郷士と思えばこそ掏摸から強盗に変じ、失神した仲間を連れて逃げ出す行きがけの駄賃に、金を奪い取るつもりらしい。

半蔵は溜め息を吐く。

できることなら、手荒な真似などしたくない。

掏摸を一人捕まえて南町奉行所に引き渡し、根津権現で腕利きの侍がまた目を光らせるようになったと知れ渡れば、自ずと被害は減るだろう。半蔵はそのように考えて足を運んだだけであり、派手に立ち回るつもりはなかった。

しかし、刃を向けられたからには応戦せざるを得まい。

掏摸どもはこちらを舐めている。多少は腕が立っても数に任せて脅せば紙入れを渡すと見なし、断れば短刀を抜いて、腕ずくで奪い取るつもりなのである。

馬鹿にされるのは構わぬが、こちらも命は大切である。

相手が雑魚（ざこ）でも、油断は禁物。

半蔵は常にそう心がけ、戦いの場に臨（のぞ）んでいる。

なればこそ、昨夜の割下水で二人の若党が銃を持ち出すのを見逃さず、速攻で制することもできたのだ。

「佐和を遺(のこ)して逝(い)くわけには参らぬから、な……」

「えっ？」

半蔵のつぶやきを耳にして、掏摸どもは一瞬きょとんとする。

次の瞬間、近間にいた一人が吹っ飛ばされた。

半蔵は鯉口を切らぬまま、柄を振るって当て身を浴びせたのだ。

「野郎っ」

残る四人が目を血走らせて殺到(さっとう)してくる。

半蔵は速やかに体をさばいた。

柄だけでなく拳(こぶし)も振るい、前頭部や首筋をずんと打つ。

「ううっ……」

最初に紙入れを奪おうとした一人に続き、掏摸どもは参道の石畳にばたばたと倒れ伏した。

「見事なお腕前でござんすねぇ」

駆け付けるなり感心した声を上げたのは、門前の番所に詰める老爺(ろうや)。

「こいつらの尻尾(しっぽ)を苦も無く押さえなさるたぁ、大したお腕前でござんすね」

「ひとまずおぬしに預け置く。必ず南町に引き渡すのだぞ」

老辻番に因果を含め、半蔵は失神した六人の掏摸を引きずり起こす。

「どうして南なんですかい、旦那ぁ」

小悪党どもが揃って気を失っているのを確かめつつ、小柄な老辻番が訝しげに問うてきた。

七十も半ばに近いと思しき、見るからに頑固そうな面構えだ。

「まさかお前さん、新しいお奉行に合力していなさるって噂のお人じゃ……」

「馬鹿を申すな。当月の月番なれば、当然であろう」

「そいつぁご懸念には及びやせん。この連中のことは、お奉行が替わりなさる前から南の定廻が追っかけておりやしたんでね、通りすがりのおさむれぇが動かぬ証拠を押さえてくだすったと知らせてやりゃ、さぞ喜ぶこってござんしょう」

「左様か」

声を上ずらせぬように気を付けて、半蔵は答えた。

南北の町奉行所は月ごとに交代する一方、ひとたび受け持った事件については継続して調べに当たる。わざわざ断りを入れることはなかったのだ。

「ともあれ、おかげさんで助かりやした」

にやりと笑う老辻番は、半蔵より役者が上であるらしい。

「係りの同心は、立花(たちばな)の旦那でよろしいですかい？」

「す、好きにせい」

逆に念を押してくる老辻番に背中で答え、半蔵は足早に歩き去る。

五月晴れの江戸は、今日も平穏無事であった。

第三章　欲深き男

一

梅雨の最中とはいえ、暦の上で五月は夏。
好天に恵まれた日は、夏本番さながらの陽射しが厳しくも心地よい。
そんな暑さも、日暮れに近くなれば自ずと和らぐ。
暮れ六つを過ぎても、表はまだ明るかった。
五月晴れの空の下、駿河台からは富士山を彼方に臨むことができる。
「斯くも見事な眺めであったか……」
彼方の霊峰を振り仰ぎ、半蔵は微笑んだ。
浪人者を装った着衣を改め、勘定所を出たときの裃姿に戻っていた。

見慣れた風景に感動できるのは、気持ちに余裕が出てきた証拠。

半蔵の気分は上々だった。

根津権現の境内でひと暴れし、掏摸（すり）の一団を老辻番に引き渡した半蔵は速やかに八丁堀へ立ち戻り、呉服橋の『笹のや』で装いを改めた。

以前ならばそのまま腰を据え、できるだけ帰宅を遅らせたことだろう。

つい先頃までの半蔵は勤めを終えても早々に帰宅する気になれず、残業があると偽って夕餉（ゆうげ）を外食で済ませるついでに一献傾け、後から虚（むな）しい気分に襲われると分かっていながら束の間の歓を求め、岡場所へ繰り出さずにはいられなかったものである。

好きでそうしていたわけではない。

当時の佐和は、勘定所勤めの役人として無能な半蔵のやることなすことが気に食わず、何かにつけて腹を立ててばかりいたからだ。

屋敷に早く戻っても嫌みを言われるばかりであり、口論になるのを避けようと黙っていれば癇癪（かんしゃく）を起こされる。朝餉（あさげ）ばかりか夕餉まで抜きにされることもしばしばとなれば帰宅をわざと遅らせ、努めて佐和と顔を合わせぬようにするより他になかった。

夫婦仲が良好となった以上、無駄な時と金を費やすには及ばない。

南町奉行のための影御用を始めて以来、半蔵の気分は充実している。

以前とは違って、嫌で堪らなかった勘定所勤めにも張り合いが出てきた。

家代々の役目を誇りとする妻を、どんなに厳しかろうと愛している以上、身を入れて勤めに取り組もう。

そんな考えを実践するべく、手始めに苦手な算盤を克服したことで、前向きに勘定所へ出仕できるようになったのだ。

もとより、半蔵は珠算そのものを知らなかったわけではない。

十年も同じ職に就いていれば、素養が無くても自ずと慣れる。

にも拘わらず、これまでは指遣いがのろかったのは、来る日も来る日も単調な計算を繰り返す役目に、やる気が出なかったせいだった。

自分は一体、何のために勘定職に就いているのか。

算盤勘定の繰り返しに、意味があるのか。

時代を問わず、どのような職に就いても抱きがちな悩みだが、たしかに半蔵は辛かった。

平勘定が任されるのは単純な積み上げ計算ばかりで、後の世の経理職のように求めた値を図表にまとめて分析する等、多少なりとも手応えを感じる作業を命じられることがない。奉行が出席する会議に呼ばれることも無く、上つ方に能力を認められる機会など皆無であった。

計算機の如く算盤を毎日弾かされ、算出した値が幕府のためにどのように生かされているのかがまったく見えぬとなれば、張り合いが出るはずもない。

それでいて他の旗本や御家人、とりわけ武官たちから軽く見られてしまうのも耐え難いことである。

内勤とて楽ではない。

誰かがやらねばならぬ役目であり、たとえ他の部署から無駄飯食いと見なされがちでも、自分がやっているのは組織に不可欠の御用なのだと自覚することさえできていれば、外野から何を言われようとも動じることはないだろう。

しかし半蔵の如く自分の役目の意義を理解できず、生きた計算機のままで毎日を過ごしていれば疲れてしまう。腕に覚えがあれば尚のこと、勘定所勤めを単調で地味な職としか思えずに、苦痛を募らせたとしても無理はない。

かつての半蔵は同じ勘定奉行の配下でも、剣の腕を存分に生かせる八州廻りに何とか御役替えをしてもらえぬものかと、毎日考えていたものだった。

上役ばかりか愛する妻からも無能と見なされ、望まぬ役目にあくせくするだけの毎日は、つい先頃まで砂を嚙むが如く虚しいものだった。

勤めが嫌で仕方がなくても入り婿(むこ)である限り、そして武士である限り、代々の当主が全うしてきた役目を勝手に辞めるわけにはいかない。そんな真似(まね)をすれば一個人の軽挙にとどまらず、笠井家全体の恥となってしまう。

我慢するしかないと分かっていても、我慢を重ねるほど気は萎える。

一体、自分はどうすればいいのだろうか――。

そうやって日々思い悩んでいれば仕事の能率が上がらず、周囲から無能と見なされたのも当然と言えよう。

そんな気持ちを入れ替えて以来、算盤の扱いは目に見えて上達しつつある。

下勘定所にて任される仕事をてきぱきと済ませる癖が付いたのは、影の御用を果たすために時間を捻出する必要あってのこと。

定時までに勤めを終えようと思えば、自ずと算盤さばきは速くなる。

今日のように仮病を装って早退するときも、必ず一区切りは付ける。

半蔵の仕事ぶりが一変したのと同時に、佐和の態度も変わってきた。

つい先頃までは考えられなかったほど甲斐甲斐しく、それでいて楽しげに夫の世話を焼いてくれている。

髷(まげ)の結い方ひとつを見ても、以前とは比べものにならない。

年を重ねるごとに勘定所勤めにやる気が失せていく半蔵に苛立ち、毎日癇癪を起こしていた当時の佐和は、武家の妻の習いで起床した夫の髪を結うたびに必要以上の力を込めてしまい、両の目が吊り上がるほど、元結をぎゅうぎゅうに締め上げるのが常だった。剃刀を用いる手付きも荒っぽく、いつも月代や顔に切り傷が絶えなかったものである。

当時の二人は不幸な夫婦であった。

半蔵は見合いで類い希な美貌に一目惚れし、佐和は山ほど持ち込まれた縁談の中でこれほど実直な男はいないと太鼓判を押した父の薦めを受け入れ、お互いに納得した上で祝言を挙げた。それなのに上手くいかず、互いに分かり合えぬまま十年もの時を過ごしてきたのだ。

口下手な半蔵は御役替えを望んでいるのをはっきりと宣言できず、佐和も恐妻そのものでありながら、もっと誇りを持って取り組んでほしい代々の勘定職に身が入らぬ夫の在り方を根本から改めることは叶わず、それぞれ悶々とするばかりの毎日だった。

揃って未熟な夫婦もようやく、共に成長しつつある。

冠木門を潜った半蔵を、佐和は笑顔で出迎えた。

「お帰りなさいませ、お前さま」

「うむ」

半蔵は微笑み交じりにうなずき返し、腰から抜いた刀を手渡す。

作法どおりに袖でくるんで受け取ると、佐和は先に立って廊下を渡る。

向かった先は、屋敷の奥にある半蔵の私室。

佐和は刀を置いて一旦下がり、くつろいだ麻の着流しに装いを改めた夫の許に夕餉を運ぶ。二人の女中を従えながら、自らは半蔵の膳を掲げ持ち、しずしずと廊下を渡ってきた。

女中の一人が運んできたのは、漆塗りのおひつ。今一人が掲げ持っていたのは佐和の膳だった。

夫婦揃って食事をするなど、新婚の頃から絶えて久しかった習慣である。

半蔵がそうしたくても佐和が拒絶し、長らく別々に済ませていたからだ。

女中たちと接する態度も、佐和は以前と違っていた。

「ご苦労でした。そなたらは下がっていなされ」

膳を据えてくれた二人を労う口調は優しく、向ける視線も柔和そのもの。

「はい、奥様」

声を揃えて答える女中は、共にホッとした表情を浮かべていた。いずれも実家では奉公人に頭を下げさせてばかりいる、富裕な商家の娘である。旗本八万騎の家中で随一の美貌と評判の佐和に憧れ、嫁入り前の行儀見習いに上がるのならば笠井様のお屋敷がいいと親を説き伏せたものの、想像と違って厳しい佐和に毎日しごかれ、逃げ出すのも時間の問題と思われたが、近頃はすっかり優しくなったおかげで安堵していた。

二人の女中が下がるのを見送り、佐和は甲斐甲斐しく杓文字を取る。

「さ、貴方」

「もそっと多めに頼むぞ」

「はい」

半蔵の求めに応じて、佐和は飯を高々と盛りつける。

汁椀が湯気を上げている。

味噌汁の具は、豆腐と葱。

菜（おかず）は炭火で焼いた油揚げと、青菜の煮びたし。

旗本の食事にしては貧しげだが、いずれも半蔵の好物である。

笠井家に婿入りするまで武州の多摩郡で過ごし、剣術修行に熱中しながら野良仕事を手伝う毎日を送っていた半蔵は、口がまったく驕っていない。

食事といえば一汁一菜、しかも飯には雑穀や刻んだ芋、大根を混ぜて炊くのが当たり前で、菜は漬け物や煮物ばかりというのが武州の農村の日常。盆正月でもないのに白い飯を、しかも陸稲より美味い水稲を好きなだけ食べることができる江戸市中の暮らしに、しばらくは馴染めなかったものである。

武州では貴重な米を倹約するために麦や芋を混ぜ、飯の代わりに饂飩や団子汁で食事を済ませるのが習慣。

それでも大豆は多く産し、良質の地下水が得られる土地柄もあって、豆腐や油揚げが常の菜となっていた。

こんがりときつね色にあぶった油揚げは、醤油の焦げた匂いもたまらない。

「うむ、美味い」

「それはよろしゅうございました……さぁ、たんとお上がりなされませ」

旺盛な食欲を発揮する夫にお代わりをよそいつつ、佐和は嬉しげに微笑む。

近頃の佐和は、誰もが羨む良妻ぶりだった。

もとより、愚かな女とは違うのだ。

百五十俵取りの小身ながらも三河以来の直参の一族として誇りを持ち、往来で町人の男どもが色目を遣ってくれば即座に睨み付け、退散させてしまう気の強さも備えている佐和だが、他の旗本の妻女たちの如く虚飾にまみれ、馬鹿げた贅沢をすることはない。

　半蔵に癇癪を起こしてばかりいた頃から、佐和も家計には心を配っていた。

　屋敷の女中たちに無駄な買物を控(ひか)えさせる一方で、自らも手本となるべく高価な櫛(くし)笄(こうがい)や紅白粉(べにおしろい)など一切購(あがな)わず、装いも世間の流行をいちいち気にすることなく手持ちの数着を大事に用いてきた。

　微禄とはいえ、天下の直参旗本がここまで倹約する必要はない。

　老中首座の水野忠邦が幕政改革の要(かなめ)と定め、徹底させるべく躍起になっている倹約令は、あくまで町人が対象だからだ。

　忠邦の片腕を自負する目付(めつけ)の鳥居耀蔵は、配下の御小人目付や徒(かち)目付をかねてより市中へ放ち、南北の町奉行所の同心たちの存在など歯牙にも掛けず、贅沢品を売り買いする違反者を摘発して廻らせている。

　そんな監視役の面々も、笠井家の献立(こんだて)には文句を付ける余地などあるまい。

　ちなみに半蔵が勘定所を早退する口実にした、古くなった豆腐を食わされて腹を下したというのは完全な作り話である。

　佐和は口やかましいばかりでなく、女中が誤ったことをしないようにいつも目を光らせている。

屋敷に立ち寄る振り売りの行商人から食材を買い求めるときにも、傷みかけた豆腐や魚をわざと値引いて売りさばこうとすればいち早く見抜き、無礼者と一喝して追い返すのが常だった。

ものが腐りやすい梅雨時には一層気を配り、半蔵の食事の材料は直々に台所に立って吟味し、調理を任せる女中たちには熱をしっかり通すように指導するのを怠らずにいるのだから、食中毒など起こすはずもない。

愛妻の気遣いのおかげで、半蔵の体調は万全。

健啖な夫を見守る佐和の美貌にも、一段と磨きがかかっていた。

半蔵が勘定所勤めに身を入れてくれるようになったことで、以前は癇癪を起こさずにいられなかった気持ちも晴れ、髪と肌は輝きを増している。

近頃の佐和は満ち足りていた。

武家に限らず、時代を問わず、出来た女人は内助を尽くしたがっている。

佐和も半蔵が笠井家代々の役目に励み始めたのを素直に喜び、夫婦仲が良好になったからには遠からず後継ぎも授かるだろうと、胸の内で期待をふくらませて止まずにいた。

しかも見栄っ張りな旗本の妻女とは違って分不相応な贅沢をせず、無理な出世など望まずに、平勘定として定められた御用さえ果たしてくれれば申し分ないという考え方なのだから、半蔵の家庭環境は悪妻に尻を叩かれて萎える一方の大身旗本よりも、遥(はる)かに恵まれていると言っていい。

だが、当の半蔵は佐和の気持ちが分かっていなかった。

単純な積み上げ計算ばかりを毎日繰り返す勘定所勤めには、何の意義も感じていない。ひとかどの人物と見込んだ南町奉行の矢部定謙を盛り立てるため、腕に覚えの技を振るいたいと思い定めて影御用に力を尽くし、昼間の勤めは入り婿としての体裁を保つためにやっているだけなのだ。

そんな夫の本音を知れば、佐和はさぞ失望するだろう。

昨夜のように茶目っ気交じりで懲らしめたりしても、半蔵のすることを本気で疑ったりはしていないからだ。

淡い灯火(ともしび)が照らし出す、佐和の笑顔は美しい。

斯様(かよう)な佳人を妻に得た以上、この笑みを守るためにこそ励むべきだった。

だが、今の半蔵は南町奉行を助けることしか頭に無い。

自分の働きによって江戸市中の治安が保たれるのならば、人知れず労する意義も大きいに違いないと、愚直に信じ込んでいる。

「美味い、美味い」

微笑みを絶やすことなく給仕をしてくれる佐和が見守る中、半蔵は三膳目の飯をぱくつく。

家庭で日々の食事をきちんと摂るのは、活力を得る上で何よりのこと。

揺るぎない決意の下で体力を養い、明日も影御用に力を尽くす所存だった。

二

翌日も江戸は快晴だった。

ぎらつく陽光の下、往来を行き交う人々は汗だくになっていた。

この様子では梅雨も早々に明けてしまいそうである。

こうも暑くては、仕事にならない。

表を行き交う人々は束の間の涼を求め、振り売りの行商人から冷やした麦湯や白玉団子入りの砂糖水、西瓜(すいか)などの水菓子を購ったり、寺社に立ち寄って木陰で暑さをしのいでいる。

猛暑に参ってしまうのは、武士であろうと同じこと。

大手御門内の下勘定所も例外ではない。

きつい陽射しが瓦屋根に照り付け、どの用部屋にも熱気が籠もっていた。

長雨で湿気と臭気に悩まされるのも閉口するが、茹だるような暑さに比べればましであった。

誰もがうんざりした様子で算盤を弾き、だるそうに筆を執っている。

いつもは口うるさい勘定組頭も、今日ばかりは小言を控え、配下たちをむやみに急かそうとはしなかった。

「うーむ、ひと雨欲しいものだのう……」

ぼやきながら扇子を遣う組頭をよそに、半蔵は算盤勘定に集中していた。

七つ珠を弾く指の動きは、今日も迅速にして正確そのもの。

常にも増して背筋を真っ直ぐに伸ばし、しっかりと顎を引いて、月代から汗が滴り落ちるのを防ぐことを忘れずにいる。

風のとおりが悪い用部屋に籠もりきりで暑い思いをしていても、半蔵の仕事ぶりはいつもと変わらず、てきぱきとしたものだった。

日中の炎天下で野良仕事に励み、作業の合間には太い木刀を振るって手の内を錬り、刀を振るう土台となる体を作るのに熱中した、武州で過ごした日々を思い起こせば、この程度の暑さなど苦にもならない。

むろん、年を重ねれば自ずと体力は落ちる。

齢三十を過ぎた半蔵が、十代の昔と同じ速さで草取りや土入れをやってみろと言われたところで無理な相談だが、屋根の下で座業に勤しむのは楽なもの。それだから勘定衆は無駄飯食いなのだと武官たちから言われてしまいそうだが、体力自慢の彼らとて炎天下の田畑に駆り出されれば、幾日も保ちはしないだろう。

その点、半蔵は鍛え方が違う。

武士の表芸である剣術に加えて祖父譲りの忍びの技、さらに武州での暮らしを通じて身に付けた、農民さながらのたくましさまで備えているのだ。

幕府の五番方と張り合うことになったところで、負ける気はしない。

そんな自信を精悍な五体にみなぎらせ、算盤を弾く指の動きは力強い。

今日も定刻までに仕事を片付け、夕方から影御用に出向くつもりだった。

「休み休みにせい、笠井」

「そうだぞ。麦湯が飲み頃に冷えておるしな」

「かたじけない……拙者に構わず、ご一服なされよ」

同僚の平勘定たちから小休止を促されても丁重に断り、脇目もふらずに算盤を弾き続ける。

鍛えられてはいても生身の体である以上、腕はだるいし、喉も渇く。

それでも集中し、速やかに昼間の仕事を終わらせずにいられないのは、二足の草鞋(わらじ)を履く上で欠かせぬこと。

半蔵にとっての影御用は、今や日常の一部となっていた。

悪党退治を継続し、これからも人知れず取り組むつもりであればこそ、周囲に気付かれるわけにはいかない。

勘定所勤めを抜かりなく全うした上で、事を為す。

きついことだが、自分で決めたからには、やり通さねばなるまい。

半蔵は黙々と算盤を弾き、求めた値(あたい)を記していく。

一区切り付いたとき、すっと目の前に茶碗(ちゃわん)が差し出された。

庭の井戸で冷やした麦湯を、誰かが汲んできてくれたのだ。

「どうぞご一服なされませ、笠井様」

半蔵が筆を置くのを待って呼びかけたのは、勘定奉行付きの小者。

役所内の雑用を任される、士分に非(あら)ざる立場の奉公人である。

碗を取り落として帳面を濡らすことのないように、若い小者は半蔵との間合いをきちんと保っていた。

取り立てて特徴のない、中肉中背の若者だった。

造作も地味である。強いて特徴を挙げるならば、二十歳そこそこにしては皺の目立つ、老けた顔立ちをしている。

ともあれ、大して印象に残らぬことに変わりはない。

この下勘定所には、他にも大勢の小者が詰めている。

半蔵も一人一人の顔まで記憶しておらず、名前も覚えてはいなかったが、この孫七という小者だけは、かねてより面識があった。

「かたじけない」

目下の者だからと軽んじることなく、半蔵は礼を告げた上で碗を受け取る。

ほんのりとした冷たさが、手のひらに心地よい。

暑さを堪えて作業に集中した後の一杯は、まさに甘露だった。

喉を鳴らして麦湯を飲み干す様を、孫七は黙って見守る。

この孫七、進んで休憩を取ろうとしない半蔵のために、わざわざ気を利かせて飲み物を運んだわけではない。

碗が空になったのを見届け、すっと半蔵の耳許に口を寄せる。

「……お奉行様がお呼びにございまする」

「まことか？」

「お手が空き次第、奥へお越しくだされ」

声を低めてそれだけ告げると、孫七は空の碗を引き取って姿を消す。

こちらの作業が一段落したのを見計らい、怪しまれることなく役所の中を歩き回れる立場を利用して、伝言をもたらすのが真の目的だったのである。

下勘定所の奥にて半蔵を待つ人物の名は梶野土佐守良材、六十九歳。

昨年九月に勘定奉行職を拝命した良材は、老中首座の水野忠邦から寄せられる信頼も厚く、七十前の身で矍鑠（かくしゃく）と任を全うする老練の士。

半蔵の亡き祖父の村垣定行と同じく御庭番十七家の出で、剣の腕こそ凡庸だが諸国探索の御用に優れた才を発揮した経歴の持ち主だけに、勘働きが鋭い。

もしや、勝手に動いているのを気付かれたのではあるまいか。

細心の注意を払ったつもりでいても、抜かりがあったのではないか。

「………」

半蔵の浅黒い顔に、じっとりと脂汗がにじみ出る。

甘露の如く飲み干した麦湯が一瞬のうちに、すべて体の外に出てしまったかのようだった。

「何としたのじゃ、笠井」

傍らをとおりかかった組頭が、心配そうに問いかける。

「な、何事もありませぬ」

平静を装いつつ、半蔵は額の汗を指でぬぐう。

「偽(いつわ)りを申すでない。顔色が優れぬぞ」

「すみませぬ……いささか、腹具合が……」

「何？　また腹を下したのか？」

「再三申し訳ありませぬ」

「何も謝るには及ばぬ。まこと、大事ないのか」

「今し方、薬を飲みました故……粗相(そそう)をいたしてはなりませぬ故、念のために厠(かわや)に参ってもよろしゅうございまするか、組頭様」

「むろんじゃ。早う行って参れ」

「されば、お言葉に甘えて……」

何も気付いていない組頭に謝意を述べ、半蔵は立ち上がる。

ひとまず廊下に出て襟を正し、緊張した面持ちで向かった先は奉行の用部屋。

一介の平勘定にすぎない半蔵が勘定奉行と裏で繋がっているのは、この下勘定所の誰も与(あずか)り知らぬことである。

先日に続いて腹の具合が悪いと装った半蔵を組頭は疑わず、命じた御用はあらかた済んだのだから、このまま帰宅しても構わないと言ってくれた。周囲の同僚たちも二日連続の早退を快(こころよ)く許し、嫌な顔ひとつしなかった。

影御用に就く以前の半蔵がもしも同じ真似をすれば、勤めが嫌で早退(はやび)けしたいがための仮病と決めつけられ、同僚からも残った業務を振り分けられるのは御免だと文句が続出したことだろう。

精勤するようになった今だからこそ、誰も咎(とが)め立てしないのだ。

斯様に半蔵が慎重に振る舞うのを、良材はかねてより承知の上。

奉行と近付きになって浮かれ、出世の糸口をつかんだなどと軽々しく吹聴する手合いであれば、最初から目を付けたりはしない。

半蔵は腕が立つだけではなく、口が堅い。

密なる命を遂行させるのにふさわしい条件が揃った人材と見込めばこそ、良材は白羽の矢を立てたのだ。

しかし、半蔵は期待を裏切っていた。

定謙が晴れて南町奉行の職に就いた以上、もはや警固（けいご）をする必要はないにも拘わらず、未（いま）だに陰で動いているからだ。

良材から命じられた半蔵の影御用は、すでに終わっていた。

有能でありながら老中首座に睨まれて出世の途を閉ざされ、不遇を託（かこ）つ定謙に同じ旗本として同情を禁じ得ない。

幸いにも南町奉行の職が廻ってきたからには、旧悪が災いして命を落とすことなく、日の当たる場所に出してやりたい。

そんな良材の望みを見事に叶え、定謙の警固役を果たしたのだから元の平勘定に戻り、地味な勘定所勤めに平々凡々と、怠けすぎて御役御免にされない程度に取り組みつつ、大人しくしていれば良かったのだ。

だが、半蔵は言うことを聞かなかった。

新たな影御用を追って申し渡すまで、平勘定の務めのみに励んでいればいいと良材から釘を刺されたにも拘わらず、勝手に事を為してきた。

露見したとなれば、無事では済むまい。

廊下を進む半蔵の足の運びは重かった。

良材はどうするつもりなのか。

前もって討手を集め、問答無用で引導を渡す気なのではあるまいか。

その気になって奉行の立場を利用すれば、配下の平勘定一人の口を封じるなど容易(たやす)いはず。役目の上で落ち度があったことにして無実の罪を着せ、内部で始末を付けてしまえばいいからだ。

誰であれ、腰が引けても当たり前の状況だった。

されど、半蔵は逃亡するわけにはいかなかった。

この命がどうなろうとも、笠井の家名は護らねばならない。

（……よし！）

半蔵はきっと顔を上げた。

廊下を進み行く足の運びは、先程までとは一転して力強い。

浅黒い顔にも、闘気がみなぎっていた。

決然と歩を進める半蔵が帯びているのは、黒鞘の脇差(わきざし)のみ。

佩刀(はいとう)は用部屋に設けられた、共用の刀架に置いたままだった。

これから帰宅するからといって、役所内で刀を持ち歩くわけにはいかない。

まして奉行の許を訪れるとなれば、以(もっ)ての外(ほか)である。

良材はそんなことまで計算済みなのだろう。

たとえ帯刀していなくても、戦い抜く自信はあった。

江戸を離れて武州の地で暮らす日々の中、亡き師匠の近藤三助方昌から半蔵が授かったのは刀で戦う技だけではない。剣術と併せて三術と称される、天然理心流の柔術と棍術も、手ほどきされていたのだ。

三助が若くして命を落とした後、高弟の松崎正作と増田蔵六から教えを受けて剣術ともども修行した柔術で立ち向かえば、凡百の侍など物の数ではない。座敷の鴨居に架けてあるはずの槍か薙刀を奪い取ることが叶えば、腕に覚えの棍術を応用して戦うこともできる。

敵が幾人居ようとも、負けてはなるまい。

(俺は死なぬぞ、佐和)

胸の内でつぶやく半蔵の想いは強い。

どれほど厳しくされようと、一貫して変わらぬ想いであった。

半蔵は生き延びねばならぬのだ。愛する妻のために笠井の家名を、そして己が命を保たなければならないのだ。

廊下に射す西日がきつい。

引き締めた浅黒い顔を陽光に照らされつつ、廊下を渡り行く半蔵だった。

三

奉行の用部屋は、障子が閉じられていた。

伏兵の姿は見当たらない。

障子の向こうにも、一人の気配しか感じられなかった。

「笠井にございまする」

「入れ」

障子越しに答える声は、落ち着いたものだった。

一瞬の間を置いて、半蔵は障子を開く。

梶野良材は上座に腰を据え、半蔵を待っていた。

身の丈こそ並だが、貫禄十分な老人である。

齢を重ねていても、潑剌（はつらつ）とした雰囲気は失せていない。

極端に肥えてはいないが太り肉（じし）で、座った姿勢も安定している。自然に背筋が伸びていればこそ、白髪頭でも若々しく感じられるのだ。

「お呼びにより、参上仕（つかまつ）りました」

「うむ」

敷居際で頭を下げる半蔵にうなずき返し、良材は脇息を後ろに置く。

たとえ目下の者が相手でも、人と接するときには礼儀を失さないのが上つ方というものである。

万事に余裕があればこそ、そうすることができるのだ。

「遠慮には及ばぬ……今少し、近う寄れ」

手招きをするしぐさも悠然としたものだった。

それでいて、些かも油断はしていない。

いつの間にか、座敷には孫七が忍び寄っていた。

姿を見せなくても、気配で分かる。

わざとこちらが感じ取れるように気を放ち、威嚇しようとしているのだ。

着衣の下で、じわりと冷や汗がにじみ出る。

抜け荷一味を退治したとき、去り際に現場で覚えたのと同じ感覚だった。

あのときも、孫七は近くに身を潜めていたのである。

(……あやつ、忍びの出であったのか)

半蔵が遅れ馳せながら察したとおり、孫七は御庭番くずれの身。

八代将軍の吉宗公が国許の紀州忍群を呼び寄せ、御庭番を組織させた当時から公儀の探索御用を代々務めてきた忍者の末裔であった。

しかも組織を裏切り、追われる立場の抜け忍である。

戦国の昔から続く一族の出身とはいえ、孫七は紀州藩士から御庭番に選ばれた村垣家や梶野家と違って、末端の下忍にすぎない。

御広敷番頭を経て勘定吟味役を長らく務め、勘定奉行にまで出世を遂げた良材の庇護下に入っていなければ、抜け忍になるまでもなく、疾うの昔に些細な落ち度を咎められ、粛清されていたことだろう。そんな危うい立場から脱した孫七は良材の許で下勘定所の小者になりすまし、半蔵の行状を監視してきたのだ。

忍びの者らしいと今更ながら気付いた半蔵も、孫七が御庭番の組織を裏切って良材に仕えるまでに至った、詳しい経緯までは与り知らない。

半蔵が迂闊にも気付かずにいたのは、孫七の正体だけではなかった。

かねてより孫七が勘定所の外でも抜かりなく目を光らせており、勝手な判断の下に南町奉行を助けてきた事実の一部始終を見届け、良材に報告していることを知らずにいたのだ。

亡き祖父の村垣定行から忍びの術を授けられ、武州の野山を駆け巡って足腰を鍛え上げた半蔵だが、本物の忍者には非ざる身。

下忍とはいえ、かつては御庭番衆の一員だった孫七が相手では、後れを取ったのもやむを得まい。

孫七を使役する良材自身も御庭番あがりの、探索の玄人である。

半蔵の性格を分析し、その行動をあらかじめ見越した上で、孫七に的確な指示を出して調べを付けさせるのは、雑作もないことだった。

かつては何事も自らの足で歩き回って調べなくてはならなかったが、齢を経た今は孫七のように使える人材を起用して、代わりにやらせておけばいい。

しかし、誰もが大人しく言うことを聞くわけではない。

諜報と財政の世界に長らく身を置き、人の内面を見抜く目が肥えているはずの良材も、半蔵に限っては見込み違いをしていたのだ。

剣の腕こそ立つものの気弱であり、美しくも気の強い妻に手を焼いてばかりの入り婿ならば、手駒として使いやすいはず。

そう見込んだにも拘わらず、命じてもいないことを勝手に始めたのだ。

(こやつ、存外にしたたかであったのう……儂としたことが、とんだ算盤違いをしてしもうたものじゃ……)

平伏したままの半蔵を見返し、良材は胸の内でぼやかずにはいられなかった。

表情にこそ出さないが、少々呆(あき)れてもいた。

半蔵は、自分が何をやっているのかが分かっていない。

江戸市中の悪党退治を始めたのも、定謙をひとかどの人物と見込み、南町奉行として盛り立ててやりたい一念で取った行動なのだろうが、それが如何(いか)なる結果を招くことになるのか、まったく予想できていないのだ。

金に釣られる手合いならば、止めるのも容易い。

ところが孫七曰く、半蔵は定謙から一文の報酬も受け取っていないという。

欲得ずくで動いていないからこそ、厄介なのだ。

何とかして止めなくてはなるまいが、始末を付けるのも容易ではない。

孫七をけしかければ、仕留めるのは可能だろう。

だが二人が戦えば、刺し違えることになるのは必定(ひつじょう)。

使える手駒を同時に失ってはもったいない。

生かしておけば、まだ使い途はある。

この場は敢えて事を荒立てず、丸め込む方向で話を持ちかけてみよう。

良材は左様に判じ、話を切り出すことにした。

「組頭より聞き及んでおる。このところ、精勤しておるそうだの」

「恐れ入りまする」

膝を揃えて頭を下げたまま、答える半蔵の態度は謹厳そのもの。

「苦しゅうない。面を上げよ」

「ははっ」

半蔵が上体を起こしていく。

脇を締め、足を尻の下に折り敷くことなく、腰には力を込めていた。

不意を突かれても即座に応戦し、敵を制するための体勢である。

そんな半蔵の様子を見やりつつ、良材は穏やかな口調で語りかける。

「そのほうは平勘定を代々務めし家に婿入りしておりながら、算盤勘定が不得手だぞうだの。それが何故、急に上手うなったのじゃ？」

「は……」

「答えよ、笠井」

言葉に詰まった半蔵を質す態度も柔らかい。正面から問い詰めるのではなく、じわじわと追い込んで、半蔵に口を割らせるつもりなのだ。

これまでのろかった算盤さばきが急に上達した理由を答えれば、なぜ集中して一日の御用を済ませ、速やかに役所を出る必要が生じたのかも、包み隠さず打ち明けなくてはなるまい。

ごまかそうとしたところで、口下手な半蔵には無理な相談。

こちらは最低限の言葉しか口にせず、相手に多くを喋（しゃべ）らせて矛盾を突き、自滅を誘えばいい。その上で、今後は二度と逆らわぬと誓わせればいいのだ。

交渉慣れした人物らしい、達者なやり方である。

しかし、半蔵はその手には乗らなかった。

訥々（とつとつ）と、こう答えたのみだった。

「心根を改めたのでございまする、お奉行」

「心根とな？」

「お奉行が仰せのとおり、当家は御下勘定所に代々務め居りますれば、婿としての責を全ういたしたく、向後は心して御用に取り組ませていただこうかと……斯様に心がけましたるところ、自ずと指さばきが速うなりました」

「それだけか、笠井!?」

「御意」

苛立ちを交えて問い返されても動じることなく、半蔵は言葉を続ける。

「自ら得意と申しては差し障りもありましょうが、何であれ、腹を据えて臨まば道は拓けるものかと存じまする。過日にお奉行をご助勢申し上げし折も、左様にございました」

半蔵が持ち出した譬(たと)えは去る二月、早朝の大手御門前で良材が刺客に襲われたのを救ったときのことだった。初めての真剣勝負で苦戦を強いられ、本身の扱いに慣れた五人の刺客の激しい打ち込みを受け続け、大小の二刀をささらの如くにされてしまった窮地を、半蔵は一振りの竹刀で脱したのである。

まともに考えれば、勝てるはずもなかった。

半蔵とて、確かな勝算があって竹刀を手にしたわけではない。

臆(おく)することなく、考えるより先に体が動いたのは、刺客を倒さねばならないという使命感の為せる業。

あのときの半蔵は追い詰められていた。

剣術を学んできたからといって、誰もが本身の扱いに慣れているわけではない。

半蔵も例外ではなく、木刀と竹刀には少年の頃から親しんでいても、真剣は手を誤って傷つけぬように、鞘から抜き差ししたことぐらいしかなかった。本身の刀を打ち振るう上で必須とされる、柄(つか)を握る手の内の加減については、天然理心流に独特の太く重たい木刀を用いた稽古を通じて身に付けていたが、斬り合いを体験するのは初めてのことだった。

竹刀で真剣に挑むなど、無謀な限りのことである。

まして本身の扱いに慣れており、刃筋を通して斬る術を心得ている刺客たちに打ちかかったところで、一刀の下に切断されてしまうのは目に見えていた。

冷静に考えれば、最初から勝負になるはずもない。

だが、腹を据えた半蔵は強かった。

集中して相手を捕捉し、刃を合わせることなく、真剣に勝る長さを生かして先に打てばいい――一歩間違えば竹刀そのものを切断され、後がなくなってしまうことを覚悟して挑んだ戦いを、半蔵は見事に制した。

まさに、死中に活を見出したのだ。

あのとき以来、半蔵は竹刀や木刀よりも頑丈で、真剣と打ち合うのも可能な刃引きを用いるようになっていた。

強いて斬ろうとすれば焦りが生じ、身に付いているはずの手の内と体のさばきも十全に発揮し得ない。

ならば、最初から斬れぬ刃引きを振るって戦えばいい。

開眼したのは、半蔵なりの方法で真剣勝負を制する術だけではない。

何であれ、根を詰めれば活路は自ずと見出せる。

少なくとも、過去に学んだ覚えがあればできるはず。

算盤も刀と同様、扱いの基本は身に付いている。

苦手意識を捨てて、真剣にやってみよう。

腹を据えて取り組み始めたところ、これまでとは比べものにならないほど算盤を速やかに弾き、答えを導き出せるようになったのだ。

何事も変われば変わるものである。

人の在り方も同様だった。

今の半蔵は、良材が最初に影御用を命じた頃とは別人なのだ。

喋ることも、以前とは違っていた。

無理に多くを語ろうとはせず、最低限のことしか口にしない。

口下手と自覚していればこそ、相手に乗せられぬように警戒するのを怠らずにいるのだ。

この調子では、誘導尋問を続けたところで埒が明くまい。

気配を殺して様子をうかがう孫七も、飛び出す機を見出せずにいた。

半蔵を尾行し、一連の行動を見届けていても、その心情まで孫七は把握できていなかった。当然、良材が知るはずもない。

半蔵は良材の意向に反し、命じられてもいない影御用——南町奉行所の検挙率を上げるための悪党退治を繰り返していながら、おくびにも出さずにいる。

自ら口にしたとおり、腹を据えて事を為していたのだ。

とはいえ、半蔵は開き直っているわけでも、いちいち計算しながら言葉を口にしているわけでもない。

あくまで本気なのである。

悪党退治も算盤勘定も、半蔵は性根を据えて取り組んでいた。

どちらに力を入れているのかと言えば、やはり悪党退治に違いない。

だが、下勘定所で任される日々の御用を、滞りなくこなしているのも事実。

良材に牛耳られていた頃には夜の影御用だけで手一杯だったのが、自らの意志で事を始めたとたん、二足の草鞋を無理なく履けるようになったのだ。

半蔵は成長したのだ。

三十男に対して言うのも何だが、紛れもない事実である。

良材が気を取り直し、何を探ってみても無駄だった。

「居残りをせぬようになったのならば、さぞ暇を持て余しておろう」

「いえ、左様なことはありませぬ」

「儂が何も命じておらぬと申すに、か？」

「恥ずかしながら、わが妻は些か口やかましい質にございますれば……屋敷内で何かと苦労が絶えませぬ」

「はてさて、如何なる苦労かのう」

「そこから先は武士の情け……何卒ご容赦願いまする」

何を聞いても半蔵は訥々と、二の句を継がせぬ答えを出すばかり。

良材の巧みな追及をかわすにしても、あくまで不器用さが先に立った言い訳をするのを忘れない。

さしもの良材も根負けし、核心には踏み込めぬまま帰すより他になかった。

四

その夜、梶野土佐守良材は人目を忍んで外出した。

猛暑の日は、夜が更けても蒸し暑い。

孫七のみに供をさせ、訪ねた相手は鳥居耀蔵。

当年四十六歳の耀蔵の役職は、公儀の目付である。

目付は若年寄支配の役職で、定員は十名。

その役目は同じ直参の旗本と御家人の行状一切を監察し、犯罪行為を公私共に取り締まること。江戸城中では殿中での礼法の指揮を執り、直属の上役である若年寄だけでなく、老中たちの覚えも目出度い立場だった。

老中首座の水野越前守忠邦から片腕と見込まれ、倹約令の徹底を任されている耀蔵は幕閣での地位こそ低いが、隠然たる勢力を誇っている。

同じ忠邦一派の良材にとっては油断がならぬと同時に、いざというときに最も頼りになる存在であった。

「お待たせいたしました、土佐守様」

玄関番の若党が、足早に戻ってくる。下城して早々に夕餉を済ませ、奥の私室でくつろいでいた耀蔵に、客が来たと知らせてきたのである。

孫七を玄関に残し、良材は屋敷内に通された。

二千五百石取りの旗本ともなれば、構えは大きい。

若党に案内され、長い廊下を渡っていく良材の表情は浮かないものだった。

配下の平勘定一人を持て余し、泣き付くとは我ながら情けない限りである。

だが、今はあの男の意見を仰がねばなるまい。

権謀術数に優れた策士として、耀蔵は忠邦から絶大な信頼を勝ち得ている。

四年前の天保八年（一八三七）に大坂で蜂起し、爆死して果てた大塩平八郎（おおしおへいはちろう）に醜聞をでっち上げ、同情の声を完封して裁きを付けたのを皮切りに、数々の事件を解決してきたからだ。

耀蔵は小人目付ら配下の面々を手足の如く操る一方で、大勢の密偵を江戸市中に放ち、御庭番衆も顔負けの情報網を形成している。

たかが一人の配下に手を焼くことなど、まず有り得まい。

どうすれば半蔵を御することができるのか、あの男にならば分かるはず。

良材は斯様に判じ、恥を忍んで訪問したのである。

奥の私室で、耀蔵は下座に着いていた。

まだ就寝するには間があるため、蚊帳（かや）は吊られていなかった。

焚かれた蚊遣り（かや）の煙だけが、ほのかに漂っている。

上座には脇息が置かれている。

人払いをさせた座敷で、耀蔵が自ら用意したのだ。

良材は役職だけでなく、歳(とし)も上である。前触れもなく夜更けに訪ねて来られたからといって、礼を失するわけにはいかない。

誰からも恐れられる人物でありながら、耀蔵もそういったところは世間並みの常識を弁(わきま)えている。

とはいえ、愛想まで良いわけではない。

「梶野土佐守様のお越しにございまする」

「お通しせい」

障子越しに若党の口上を聞き、返す言葉の響きは淡々としたものだった。

その表情からも、一切の感情は窺(うかが)い知れない。

耀蔵は茫洋とした相貌の持ち主である。

目鼻立ちは整っているが、印象は地味。

体格も中肉中背で、目立った特徴がなかった。

それでいて自然と周囲を圧する、言い難い威厳が備わっている。

座敷に通された良材も、その貫禄には敬意を払わずにいられない。

「夜分に失礼をいたす。休んでおるところを相済(あいす)まぬの」

「何ほどのこともありませぬ……」

淡々と答えつつ、耀蔵は下げた頭をゆっくりと起こす。

礼を尽くしていながらも、まるで恐縮していなかった。

「して土佐守様、今宵は如何なる御用にございますのか」

「私事でも構わぬか、鳥居？」

「まずは子細を伺いましょう」

表情のない顔で良材を見返し、耀蔵は先を促す。

良材は、おずおずと口を開く。

「……恥を忍んで申さば、飼い犬に手を噛まれたのじゃ」

「笠井半蔵のことですな、土佐守様」

「左様……」

「成る程、よほどお困りとお見受けいたしまする」

淡々とうなずく耀蔵は、話をまともに聞いてはいなかった。

良材が半蔵を起用し、影御用を命じた経緯は分かっている。

すべてのきっかけが前途を見失い、自暴自棄になった定謙が引き起こした襲撃事件だったことも承知していた。

忠邦に睨まれて出世街道から外された定謙は、酒食遊興に明け暮れる、荒れた毎日を送っていた。

そんな不満が積み重なって爆発し、刺客を放って良材の命を狙ったのだ。

愚かなことだが、背景には理由があった。

まだ五十三歳の働き盛りで有能にも拘わらず、幕臣としての前途を閉ざされて悶々とするばかりの定謙にしてみれば、疾うに隠居してもおかしくない歳の良材が自分を差し置いて、抜擢されたのは許し難いことだった。

まして任じられた職が勘定奉行となれば尚のこと腸（はらわた）が煮えくりかえり、凶行に至ったとしても無理はない。

忠邦と対立し、失脚させられた三年前、定謙は勘定奉行職を務めていた。

御先手組あがりで武芸の腕が立つばかりでなく、算勘の才も兼ね備えていればこそ任された役職であり、力を入れて取り組んでもいた。

そんな思い入れのある職にも拘わらず、金銭感覚に乏しい忠邦を公の場でやり込めたのが災いし、罷免されてしまったのだ。

身から出た錆（さび）には違いないが、定謙にとっては理不尽な限りの報復人事。

されど、天下の老中首座に復讐するわけにはいかない。

代わりに良材を血祭りに上げて、忠邦に思い知らせようと目論んだのだ。

かつて火付盗賊改の長官職を務めた当時の配下五名を差し向け、大手御門前で襲撃が敢行された当日、半蔵は奉行の良材よりも一足先に出仕するべく、夜明け前から駿河台の屋敷を後にしていた。

勘定奉行は四季の別を問わず、夜明け前に起床する。

慌ただしく執務する上役を配下として思いやり、別に早朝から出仕しなくても構わない平勘定の立場でも七つ半には職場に入り、陰ながら奉行を見守る気配りをするのが笠井家代々の家訓である。

半蔵も婿入り以来、意味の無いことだと思いながらも逆らわず、十年に亘って続けてきた習慣だった。

その日は朝一番で佐和に癇癪を起こされて気分が萎え、足の運びが鈍ったのが災いし、大手御門前に着いたのはいつもより遅かった。

それでも良材が斬られる寸前に間に合い、苦戦を強いられながらも何とか刺客たちを撃退したのを機に、半蔵は良材に抜擢されたのである。

とはいえ、良材は真っ当に報いたわけではない。

命の恩人となった半蔵を出世させるのではなく、良材が任せたのは影御用。

勘定所に勤める二百名近い配下の中で最も目立たず、これまでは記憶に残ってもいなかった半蔵が意外な手練(てだれ)と知るに及び、かねてより進めていた計画を実行に移す上で、その剣の腕前を役立てようと考えただけなのだ。

自分の命を狙った定謙を成敗させるのではなく、逆に人知れず身辺を警固する影御用に就かせたのは、南町奉行に登用されると見越してのこと。

当の定謙も四月まで知らずにいた、幕府の人事に関する情報を、良材と耀蔵は二月早々に把握(はあく)していた。

二人に意向を漏らしたのは、他ならぬ老中首座の水野忠邦。

閑職に追いやった張本人の忠邦が定謙を登用し、南町奉行の要職に就けた背景には、しかるべき理由が存在した。

大御所として幕府の実権を長らく握っていた家斉(いえなり)公が年明け早々に亡くなって以来、忠邦は名実共に将軍の座に着いた家慶(いえよし)公の信任の下で、思うがままに幕政改革に邁進(まいしん)できる環境が整いつつあった。

しかし、忠邦は猪突猛進なようでいて、慎重な人物である。

老いても贅沢三昧で庶民の奢侈(しゃし)にも理解の深い大御所に遠慮して、これまでは少しずつ取り組まざるを得なかった幕政改革を、今後は一気に推し進めたい。

とはいえ、やりすぎれば反発を食うのは必定だった。

市中に庶民の不安が満ち、打ちこわしの騒動が起きてしまえば、将軍のお膝元たる江戸の安寧を維持できなかった町奉行、ひいては老中首座が責任を問われる羽目になる。

斯様な危険を孕んでいても、倹約令は忠邦が構想する幕政改革の柱。

何としても徹底させなくてはならなかったし、家斉の生前から不興を買いつつ進めてきたというのに、今さら節を曲げるわけにはいかない。

そこで忠邦が思いついたのは、定謙を生け贄に仕立てることだった。

政敵を町奉行、しかも北町より格上の南町奉行職に就かせたのは、都合のいいときに責任を押し付け、詰め腹を切らせるためなのだ。

自ら閑職に追いやった定謙を登用するという、本来ならば有り得ぬ人事が実現するに至ったのも、そんな思惑があればこそ。

そして半蔵は、忠邦と耀蔵に良材まで絡んだ計画の手駒として、起用されたにすぎない立場。

忠邦以外にも敵の多い定謙が南町奉行に就任するまでの間だけ、影の警固役を任されただけなのだ。

だが、為政者たちの計画には誤算があった。

今や半蔵は役目を超えて、欲得抜きで定謙に肩入れしている。

誰からも、見返りを得ようと考えていない。

定謙を警固する上で、半蔵は金一分の日当を良材から下されていた。

四日で一両となれば、平勘定には少なからぬ額の報酬だった。

そんな臨時収入も定謙が南町奉行に就任し、良材が影御用を命じるのを止めてからは、打ち切られて久しい。

金を貰えぬ以上、進んで動きはしないはず。

しかし、半蔵は違った。

影御用を通じて定謙に惚れ込み、ひとかどの人物と見込んだ上で、その評判を高めるべく力を尽くしているのだ。

定謙も狷介（けんかい）な言動をこのところ改め、南町奉行として善政を敷いている。

大江戸八百八町の治安を預かる自覚を持つ一方で、行き過ぎた忠邦の倹約令に異を唱え、庶民の暮らしが理不尽に制限されるのを防ぐべく頑張っていた。

そこに半蔵の影の働きが加わり、市中からは悪党どもが一掃されつつある。

このままでは、定謙が名奉行と呼ばれるのも時間の問題。

思わぬ成り行きに、良材が焦りを覚えたのも当然だろう。

しかし、対する耀蔵は素っ気ない。

「はてさて、どうしたものかのう……」

「放っておかれるがよろしいでしょう」

「そのほう、何と申すか!?」

「笠井めが勝手に動いておるのは、もはや貴方様を恐れず、恃(たの)みにしてもおらぬということでありましょう」

「儂はあやつを従えし奉行なのだぞ、鳥居っ」

「それが分かっておればこそ、昼間の勤めに励み居るのでしょう……下勘定所においては、役に立つようになったのではありませぬかな」

「されど、影の御用も為してもらわねば困る」

「何をお命じになられるのですか」

「越前守様も気を揉んでおられる、関八州(かんはっしゅう)の取り締まりじゃ」

「そういえば、本日も大層ご立腹でありましたな」

「もはや八州廻りどもでは用を為さぬからには速やかに笠井を放ち、軽はずみな所業の責を取らさねばなるまい」

「ご事情はお察しいたしますが、何も笠井にばかり頼らずとも、土佐守様のお側(そば)には御庭番くずれの小者が居りましょうぞ」

「いかん、いかん。他人事と思うて、心にも無いことばかり申すでないわ」

素っ気なくも励まそうとした耀蔵の言葉を、良材は即座に打ち消す。

「所詮は下忍あがりにできることなど、高が知れておるわい。笠井とて才気煥発とは申せぬが、孫七めと比ぶれば随分と機転は利く。それに百五十俵取りの軽輩なれど、歴とした直参には違いないからの」

「成る程……微禄でも忍びの者と違うて忠義を心得し、士分の者が信用できるということですかな」

「むろんじゃ」

「されど土佐守様、笠井半蔵はそこらの武士とは別物ですぞ」

「何が言いたいのだ、鳥居？　何故に、あやつ如きを持ち上げるのだ」

「別に褒めてはおりませぬが……お気に障ったのならば、申し訳ありませぬ」

困惑と苛立ちを募らせる相手に、耀蔵は淡々と答えるばかり。

失言を咎められて謝る声さえ、素っ気ない。

斯様にあしらわれていながら、良材は声を荒らげようとはしなかった。

耀蔵の意見を仰がなくては、どうにもならないのだ。

良材は困り抜いていた。

「まこと、無欲な奴は話にならぬのう……」

ぼやく一言を耳にして、耀蔵は微(かす)かに笑う。

笠井半蔵のことならば、とんだ算盤違いと言うしかあるまい。

あの男には、欲望が無いわけではないのだ。

むしろ、あれほど欲深い男はいないだろう。

金銭に執着する輩よりも根の深い、分不相応な望みを抱いているのだ。

もとより良材の役に立ってやるつもりなどなかったが、この誤解だけは解いておいてやるべきだろう。

すっと良材を見返して、耀蔵は口を開いた。

「笠井半蔵は無欲ではありませぬ。むしろ、あれほど欲深き輩は滅多に居らぬと見なすべきでありましょう」

「はははは。そのほうともあろう者が、重ね重ね馬鹿を申すでないわ」

思い切り苦笑した良材は、腹立たしげに言葉を続ける。

「笠井めは金にも地位にも興味を示さぬ。なればこそ、厄介なのだ」

「それは違いますぞ、土佐守様」

「何がじゃ。はきと申せ、鳥居」

「されば、それがしの見立てを忌憚なく申し上げましょう」

苛立ちを隠せぬ良材に向けて、耀蔵は語り出した。

「たしかに、笠井半蔵は欲がないと思われがちかと存じまする。土佐守様より密なる命を承りし身となりながら、見返りに出世を望みもしないのですからな……凡百の輩であれば、組頭にでも取り立ててやらねば埒が明きますまい」

「そんなことはもとより承知の上じゃ。斯様に欲なき者なればこそ、儂はあやつに白羽の矢を立てたのだ」

「左様、日当も安く済みますからな」

「むむっ……」

「失礼いたしました」

思わず目を吊り上げた良材に素っ気なく詫びると、耀蔵は言葉を続けた。

「さて土佐守様、斯様に御しやすいと思えた笠井が何故に翻心し、今やご意向に逆らい居るとお思いですかな」

「それが分からぬ故、そのほうに尋ねておるのではないか」

「思い当たる節がないということですかな？」

「……左様じゃ。あやつとは、まるで話にならぬ」

「ならば、僭越ながらお教えいたしましょう」

苦り切る良材を淡々と見返し、耀蔵は言った。

「仮にも直参でありながら、笠井半蔵は家名のために生くる身には非ざる者……まずは、斯様に見なさねばなりますまい」

「馬鹿な……」

良材は言葉を失っていた。

後の世の常識も、徳川の天下においては非常識の極みである。

直参であれ陪臣であれ、幕藩体制の下に生まれた武士は誰もが皆、父祖代々の家を護るのを無二の使命と考える。家名が存続されている限り、職を失って御役に就けずにいる間も、家ごとに定められた禄が得られるからだ。

とはいえ、後の世の生活保護と違って、安易に受給できるわけではない。

主君に暮らし向きを保障してもらう代わりに家臣は忠誠を尽くし、御用を命じられれば謹んで承り、いざ合戦となれば命を捨てて戦うのが武士道の基本。仮に合戦で討ち死にしても、家族の面倒は主君が見てくれることになっている。

天下太平の世となっても、主従それぞれの心得は変わらない。

他家に婿へ行った場合も、基本の考え方は同じはず。

だが、半蔵は違うらしい。

笠井家代々の役目である勘定所勤めを全うする一方、勝手に南町奉行のために働いている。

家禄だけでは足りない暮らし向きを補うべく、隠れて金稼ぎをしているというのであれば、まだしも理解はできる。

されど、半蔵は金銭を得たいがために動いているのとは違う。

平勘定の職では物足りない武辺の心を満たすため、ひとかどの人物と見込んだ新任の南町奉行——矢部定謙を盛り立てたいがために、腕に覚えの技を人知れず振るっているのだ。

金や出世に執着するのとは違った意味で、これも欲望と見なすべきだろう。

徳川の天下で御法度とされている、決められた立場を脱しようとするまでには至らずとも、由々しき所業であった。

「ひとつ尋ねても構わぬか、鳥居……」

絶句していた良材が、おずおずと口を開いた。

「たしかに思い当たる節は多かれど、あやつは笠井の家名を捨て去ろうとまではしておらぬ……これは、どのように判じれば良いのだ」

「それもまた、欲の現れと見なすべきでありましょう」

「如何なる欲じゃ」

「十年も耐え忍ぶに値する、妻女に寄せし想いでござるよ」

「ふむ……笠井の家付き娘に惚れ抜いておればこそ、不向きな勘定所勤めを嫌々ながら続けておったということか……」

耀蔵の答えを嚙み締めつつ、良材はつぶやく。

家庭に対する考え方も、半蔵は他の武士とは違っていた。

浪人ならばいざ知らず、主持として代々の禄を得ている武家においては、夫婦間の愛情など大した問題ではない。

後の世よりも結婚する年齢が若かったため、特に大名家の姫君に対しては男女の営みを説いた書物や絵巻物を用いた性教育が事前に施され、節度を心得た上で情を濃やかにして夫と接することが、家門の栄光につながると教えられていたのだが、後継ぎの男子を生した後は枕を交わさず、子が無くても齢三十になれば妻は「御褥御断」を心がけ、夫の寝所から遠ざかるのが美徳とされていた。

笠井家の場合はまだ子宝に恵まれていないとはいえ、佐和はもうすぐ三十路を迎える身。旗本八万騎で随一の美貌の持ち主と謳われ、稀代の色好みと知られた家斉公が在りし日に関心を示したほどの佳人であろうと、いつまでも情を交わす対象では有り得まい。見た目に反して口うるさく、癇癪持ちとなれば尚のことのはずだった。

にも拘わらず、半蔵は佐和に愛情を注いで止まずにいる。

妻を大事に想えばこそ、笠井家代々の職を放棄するには至らないのだ。

南町奉行所の御用を陰で助けることに生き甲斐を見出して、意に沿わぬ勘定所勤めに励んでいるのだ。

半蔵を思いどおりに操るつもりでいた良材は、結果として、笠井夫婦の不和を解消するきっかけを与えてやっただけなのである。

「すでにお気づきだったのではありませぬか、土佐守様？」

「……左様。影の御用を命じるには、好都合な奴だと思うておったのだがな……」

「とんだ算盤違いでありましたな」

「……面目なきことじゃ」

溜め息を吐く良材の表情は弱々しい。

一方の耀蔵は、淡々とした面持ちのままだった。

まったく焦らずにいられるのには、理由がある。

半蔵の行動を含めて、おおむね思惑どおりに事が進んでいたからだ。

「何としたものかのう……」

「やはり、放っておかれるがよろしいでしょうな」

「それで構わぬのか、鳥居」

「下手に咎め立てなさるよりも、笠井のほうから折れるのを待たれるが良策かと存じまする」

「あやつが儂を頼って参ると申すのか？」

「遠からず打ちひしがれ、お目通りを願うて来ることでありましょう」

淡々としながらも、確信を込めた予言であった。

「しばし泰然不動の心持ちでお過ごしなされよ、土佐守様」

「そのほうが左様に申すのならば、間違いはあるまいのう……」

「恐れ入りまする」

耀蔵は慇懃（いんぎん）に頭を下げる。

すでに話が終わったことを、態度で示していた。

さしもの良材も、悪しき策士の腹の底までは見抜けない。

これから何が起きるのか、今は予想できてもいなかった。

狐につままれたような面持ちのまま、良材が耀蔵の許を辞去した頃。

数寄屋橋の南町奉行所では、定謙と半蔵が親しげに語り合っていた。

「こたびも大儀であったのう。衷心より礼を申すぞ、笠井」

「恐れ入りまする、お奉行」

「そう他人行儀に申すでないわ。ははははは」

恐縮しきりの半蔵を前にして、定謙が浮かべる表情は柔和そのもの。

いかつい顔をほころばせ、上機嫌で微笑んでいる。

南北の町奉行所は表が役所、奥が住居となっており、奉行と家族が暮らす奥の居住部は役宅と呼ばれていた。

下谷の屋敷を引き払った矢部家の人々が役宅に移り住んでから、まだ半月ほどしか経っていない。

「新しい畳の香りとは良きものだなぁ、笠井よ……」

「左様にございますなぁ……」

酌み交わしていた酒杯を膳に置き、二人は同時に目を細める。

畳替えをして間もない座敷は居心地がいい。

不寝番の家士を除いては、起きているのは定謙のみ。主君の客として招かれた半蔵が、自分たちも及ばぬ手練であることを承知の上なのである。人払いがされた奥座敷には、屈強な番士の面々も近付かない。

去る四月二十八日に定謙が南町奉行に就任するまでの間、半蔵は下谷の矢部邸に寄宿して、身辺の警固に当たっていた。

良材から密命を受け、勘定所勤めを休んだ上でのことだった。

これまでは警固する対象の定謙にさえ分からぬように気配を殺し、外出先では陰供として目を光らせていたのが、正式な護衛として差し向けられたのだ。

我儘勝手なばかりと思われた定謙の側近くに仕え、意外にも愛すべき人物と知るに至ったのは喜ばしい。

かつて酒食遊興に明け暮れていたのも、忠邦の制裁人事によって閑職にばかり就かされた反動にすぎず、本来の定謙は剛直の士。それでいて華のお江戸の旗本らしく洒脱な部分も備えており、吉原で諸大名と張り合って、花魁相手に浮き名を流したこともあるという。

警固役を務めながら、半蔵はさまざまな話を交わしたものである。男女の心得から古今の武芸者に関する逸話、さらには算盤勘定のコツに至るまでを、定謙は分かりやすく語ってくれた。

そんなやり取りもあったからこそ、今もお互いに親しみを感じているのだ。

それでも定謙が南町奉行の職に就いてからは、半蔵も出入りを控えていた。

矢部家に仕える家士たちはともかく、新たに定謙の配下となった与力と同心は半蔵のことを知らないからだ。

表向きは勘定所勤めの身である以上、半蔵としても裏の顔を明らかにするわけにはいかない。今宵も与力と同心が帰宅したのを見計らい、捕方を兼ねて奉行所で働く小者たちの目を盗んでの訪問である。

定謙が半蔵を招いたのは、新たな影御用を頼むため。

これまでに半蔵が為してきた悪党退治に謝意を示した上で、事件の解決に手を貸してほしいと、定謙のほうから初めて申し出たのだ。

頼まれたのは、盗っ人一味の探索だった。

「そやつらが隠れ居りし根城を、おぬしに捜し当ててもらいたい」

「如何なる連中にございまするか、お奉行」

「左様……手強き奴らよ」

定謙は苦笑を浮かべた。

「なればこそ、おぬしの力を借りたいのだ。ひとつ頼まれてくれぬか、笠井」

「心得ました」

　答える半蔵の声は明るかった。

「謹んで、御用を全うさせていただきまする」

「毎度（まいたび）手数をかけるのう……まことに申し訳なきことぞ」

「お任せくだされ」

　答える半蔵は誇らしげだった。

　人の役に立っている自負があれば、少々胸を張りたくなるのも無理はない。

　それに今一つ、半蔵には胸を張れる理由があった。

「笠井、今日こそ納めてもらおうぞ」

　前置きをした上で、定謙が取り出したのは懐紙の包み。

　大きさから小判と分かる。

　厚みから見て、少なくとも五両はあるだろう。

　笠井家にとっては大金のはずだが、目の前の畳に置かれた包みに、半蔵は目も呉（く）れようとしなかった。

「せっかくのお気持ちなれど、謹んでご辞退申し上げまする」

「笠井……」

「お奉行の御為ならば、見返りなど要りませぬ」

戸惑う定謙に、半蔵は微笑み返す。

何ら含むところのない、晴れやかな笑顔だった。

自分は南町奉行の役に立っている。

いずれ名奉行と呼ばれることになるであろう、ひとかどの人物と見込んだ男を人知れず支えているのだ。

この誇らしい気持ちを、金になど換えたくない。

そう思えばこそ、今日も報酬を受け取ろうとしなかった。

純な想いが裏切られることになるのを、愚直な半蔵はまだ知らない。

第四章　万年青組

一

　まことに奇妙な盗賊の一味であった。

　南北の町奉行所ばかりか火付盗賊改にも捕縛されることなく、狙った大店から見事な手際で金品を盗み出す、一味の通称は万年青組。

　どこでも見かける、江戸で人気の鉢植えの多年草から名前を取ったのだ。

　ふざけた名乗りをしながらも、その仕事ぶりは芸が細かい。

　狙った豪商にあらかじめ文を送りつけ、何日の何刻に参上仕ると宣言し、厳重な警戒の下で確実に事を為すのが常だった。

　他の盗っ人どもと違うのは、力ずくで押し入って強奪するのではなく、現場に居合わせた全員をいつの間にか深い眠りに誘い、気を失っている間に一滴の血も流すことなく、悠々と仕事を済ませる点だった。

あらかじめ知らせた日時に違(たが)わず参上し、犯行予告の文中で宣言した額の現金か書画骨董を持ち出し、痕跡を一切残さずに姿を消してしまうのだ。

万年青組は頭数も顔ぶれも不明である。

世間の目を欺(あざむ)くために何かしら表向きの生業(なりわい)を持ち、隠れ家(が)も市中に用意しているはずだが、未(いま)だに特定できていない。

盗っ人を捕らえる特別警察でありながら面目を潰された火盗改は、かねてより躍起になって一味を追っていた。

しかし、万年青組は一枚上手(うわて)。

眠り薬を巧みに使う手口から医者が怪しいと見なし、疑わしいと見なした者を片っ端から捕らえていると今度は眠気をもよおす伽羅(きゃら)の香木を用い、まさか香道家が盗っ人でもあるまいと訝(いぶか)りながらも火盗改が調べを始めれば、またしても薬を使う。犯人像を特定されそうになるたびに捜査を混乱させるのを、万年青組はあたかも楽しんでいるかのようだった。

町方同心が配下に雇う岡っ引きに対して差口奉公と呼ばれる、専属の御用聞きを動員しても一向に手がかりはつかめない。

それというのも彼らを使役する火盗改の同心が犯人像を特定できず、その上役の与力も的確な指示を出せぬまま、混乱するばかりだったからだ。

『儂が率いておった頃と違うて、昨今は火盗の質も落ちたものよ……まこと、歯がゆい限りじゃ』

一味の探索を引き受けた半蔵に、定謙はこんな愚痴をこぼしたものである。

三十代の若さで火付盗賊改の長官を三度も勤めた定謙だけに、ぼやきたくなるのも無理はない。

されど、今の定謙は南町奉行。

火盗改に同情するのではなく出し抜くことのみ考え、盗っ人専門の特別警察も手に負えない一味を捕らえて南町奉行所の評判を高めるために、力を尽くすべしと心に決めていた。

そんな定謙の決意に感じ入ったからこそ、半蔵は立ち上がったのだ。

もとより、一文とて報酬を求めるつもりはない。

ひとかどの人物と見込んだ定謙の役に立つのが、半蔵の喜び。

自分の働きで盛り上げ、名奉行にしてやりたい。

今度も持てる力を使うことを惜しまずに、事に当たる所存であった。

『かくなる上は、おぬしだけが頼りじゃ』

『お任せくだされ、お奉行』

『おぬしが目星を付けてくれたならば相手が御殿医、あるいはやんごとなき香道師範であろうと儂は退かぬ。必ずや食らいつき、正体を暴いてみせようぞ』

『ご期待に添えますよう、謹んで御用に就かせていただきまする』

かくして南町奉行の意を汲んだ半蔵は、江戸市中を騒がせる盗っ人一味を捕らえるために動き出した。

まずは、一味の正体に目星を付けなくてはなるまい。

火盗改ばかりか定謙までが医者か香道家と思い込んでいるらしいが、いずれも違うと半蔵は見なしていた。

万年青組が香木を犯行に使用したのは、一度きりのことである。

これは十中八九、疑いの目を医者のみならず香道家にも向けさせ、捜査の現場が混乱するように仕向けた罠だ。

稀少な香木の値打ちを知っている玄人ならば高価な伽羅を、それも大量に焚くはずがあるまいし、仮に裏で盗っ人一味を束ねる香道家がいても、真っ先に疑われる手口で犯行に及ぶとは考え難い。

とはいえ、正体は医者と決めつけるのも早計だろう。

相変わらず、火盗改は片っ端から町医者を捕らえている。

名医と慕（した）われる人物から患家をほとんど持たぬ藪（やぶ）医者まで、万年青組が盗みを働いた夜に不在にしていたり、事件の現場近くに居合わせた者を問答無用で拘引（こういん）し、厳しく取り調べることを繰り返していた。

焦る余りとはいえ、これでは人手が幾らあっても足りはしない。

しかし、火盗改にもしかるべき裏付けがあった。

町医者のほとんどは、漢方医である。

犯行に使用されたのが外科手術の麻酔に欠かせない、阿芙蓉（あふよう）（アヘン）だったのであれば真っ先に蘭方医が疑われたはずだが、万年青組が専ら用いているのは症状に応じて神経を鎮め、深い眠りを誘うために調合された漢方薬。

となれば、火盗改が疑いの目を向けたのも当然のこと。

だが、彼らは肝心な点を見落としていた。

調合の知識さえあれば、医者でなくても薬は作れる。材料のみを薬種問屋から仕入れてくれれば、事足りるのだ。

問題は、その足取りをどうやって突き止めるかである。

「高田に頼んでみるか……」

南町奉行所を後にした半蔵が夜の数寄屋橋を渡りながら口にしたのは、同門の弟子の名前だった。

高田俊平は当年二十二歳。

半蔵とは一周り近く歳が離れているが仲が良く、影御用を始める以前から折に触れて顔を合わせ、共に天然理心流の修行に励んできた間柄。元は町人だが剣の腕は凡百の武士の及ぶところではなく、三代宗家の近藤周助邦武からも可愛がられていた。

そんな俊平の実家は、小諸屋という本郷の薬種問屋。

信濃生まれの先々代が地元から取り寄せた目薬で評判を取って三代続き、今は俊平の父親の太兵衛が切り盛りしている。

少年の頃から剣術修行に熱中し、とても薬種問屋の後継ぎに収まりそうにない一人息子の俊平のために同心株を買ってやり、独立させた太兵衛は五十を過ぎても矍鑠としており、同業者との付き合いも広い。

俊平を通じて太兵衛に相談すれば、調べも付くのではないか。

斯様に思い立った半蔵だったが、その考えは甘かった。

「申し訳ありやせんがね半さん、そいつぁ筋違いってもんですぜ」

「そこを何とか頼めぬか、高田」

「南のお奉行のために動くなんざ、俺ぁ真っ平御免ですよ」

屋敷まで訪ねてきた半蔵を、俊平は玄関先で冷たくあしらうばかりだった。

彫りの深い顔に浮かべた表情も、態度と同様によそよそしい。

独り身の俊平は、町奉行所勤めの同心たちに官舎としてあてがわれる、八丁堀の組屋敷で寝起きしている。

木戸門の簡素な構えで与力の住まいよりは一段落ちるが、中は間貸しができるほど部屋数も多い。まだ妻帯していない俊平には広すぎて、日頃から掃除が行き届かぬほどだった。

「つれないことを申すでない、高田……」

埃の目立つ玄関に立ったまま、半蔵は哀願する。

「過日は共に力を合わせ、お奉行を助けてくれたではないか。南と北の違いこそあれど、同じ町方御用を務めし上で張り合うても仕方あるまい?」

「こないだのことなら、行きがかりってもんですよ」

切れ長の目を不快そうに細めて、俊平は言った。

「いいですかい、俺ら北町は矢部駿河守……南の奉行にゃ、今までさんざん煮え湯を飲まされてきたんでさ。あいつに首ったけでいなさる半さんにゃ分かっちゃもらえねぇかもしれやせんが、ちょいと真面目に御用を務めるようになったからって、水に流せるもんじゃありやせんよ」

「口が過ぎるぞ、高田」

「そうおっしゃいやすがね半さん、浪岡の気持ちを考えりゃ、あの野郎のことを良く思えるはずがねぇでしょう。違いやすかい?」

「む……」

罵倒交じりの言葉に苛立ちながらも、半蔵は言い返せなかった。

浪岡晋助は俊平と同じ試衛館の門人で、二人は親友同士の間柄。

晋助の許嫁を取り上げて妾にし、今でこそ大事にしているものの、以前は道具扱いしていた定謙を許せないのも当然だろう。

だが、今の定謙は酒色遊興に耽っていた頃とは違う。

出世の望みを絶たれて自棄を起こし、堕落した日々を過ごすばかりだった当時とは別人なのだ。

そのところを分かってもらいたい。

定謙は変わったのだ。

江戸の平和を守る町奉行として、日々頑張っているのだ。

なぜ、俊平は分かってくれないのか。

いつまでも昔のことを根に持って、過去の過ちを許そうとしないのか。

半蔵とて、定謙がひどかった頃のことは知っている。

訳が分からぬまま梶野良材から命じられて警固に赴き、噂以上の堕落ぶりを目の当たりにしたときには、果たしてこんな男の命を守ってやる値打ちがあるのかと本気で思ったほどだった。

だが南町奉行の職を得て以来、定謙は本来の姿に戻っていた。

理想は高いが算勘に暗い、老中首座の水野忠邦の無策ぶりを批判したのが災いして左遷の憂き目を見る以前の、明るく前向きな姿勢に立ち直ったのだ。

さもなくば、半蔵とて見直したりはしない。

心ならずも護衛の任を果たしていた当時のままならば護るどころか、とっくに見放していただろう。

昔から定謙のことを知る者たちも、その変化を各人各様に喜んでいた。

『殿が本復されたからには、これで矢部の御家も安泰じゃ』

『ようやく悪い憑き物が落ちられたのですよ。良かった、良かった』

矢部家に仕える家臣や奉公人は皆、そう言って胸を撫で下ろしている。

江戸の民も、例外ではない。

三十代の若さで火盗改の長官として勇名を馳せておきながら、齢を経て出世の道から外されたとたんに何もせず、酒食遊興に耽るばかりとなった定謙を、町人たちはさんざん馬鹿にしていたものである。街角で噂話をしながら笑う人々の姿を日に何度も見かけたし、思えば『笹のや』でもそうだった。

同じ武士、とりわけ旗本は尚のこと手厳しかった。

半蔵が働く下勘定所でも同僚たちは定謙を「矢部の馬鹿殿」呼ばわりし、昨日は二日酔いのまま登城の乗物に揺られていて御濠端で嘔吐しただの、一昨日には吉原の妓楼でお忍びの大名とつまらぬ意地の張り合いで喧嘩に及ぼうとし、双方の敵娼が止めていなければ危うく表沙汰になっていただの、聞くに堪えない話があれこれと耳に入ってきたものだった。

武士も町人も若かりし頃の颯爽とした姿を、そして水野忠邦に左遷させられるまでは勘定奉行として有能ぶりを発揮していたことを知っていればこそ、余計に失望の度合いも大きかったのだろう。

そんな体たらくだった市井の評判も、近頃はうなぎ登り。

半蔵が陰で助けてきたのも功を奏し、南町の名奉行と呼ばれるようになりつつあることは、俊平とて承知のはずだ。

にも拘わらず、俊平は半蔵の願い事を聞き届けようとはしなかった。

そればかりか皮肉な笑みを浮かべ、こう言ったのである。

「甘いですぜ、半さん」

「何が甘いと申すのか、高田？」

「俺は北町の廻方なのですぜ」

「むろん、承知しておる」

「お役目が何なのかも、ご承知ですね」

「むろんじゃ」

「だったら、耳寄りな話をそのままにしておかねぇってのも分かるでしょう」

「おぬし、何が言いたいのだ」

「まだ分かりませんかい、半さん？　あんたは南町と張り合ってる俺に、万年青組の居場所を探り出すには薬種問屋に当たりを付ければ話は早ぇって、わざわざ知らせてくれたんですよ」

「何と……」

「灯台もと暗しってやつで今の今まで考えが至りませんでしたがね、おかげさんで助かりやした。夜が明けたら本郷までひとっ走りして、親父に渡りを付けるといたしやしょう……もちろん、こいつぁ手前のためにやるこってすよ」

「高田、おぬしという奴は……」

「ありがとうさんにござんした。いずれ御礼はいたしやすんで、今夜のところはどうぞお引き取りくだせぇまし」

　嬉しげに礼を述べる俊平は、もはや完全に割り切っていた。

　俊平に言わせれば、考えが凝り固まってしまっているのは半蔵だ。支えるに値しない矢部定謙のために力を尽くすなど、馬鹿馬鹿しい限りというのがまったく分かっていないのだ。

　それでも、見捨てるわけにはいくまい。

　もとより、半蔵は同門の兄弟子にして親しい友。

俊平の下で働く岡っ引きの政吉も、半蔵とは古い馴染みである。

若い頃に村垣家で中間奉公をしていた政吉は、幼い頃から知っている半蔵の身を案じ、悪しき陣営に取り込まれたのを嘆いて止まずにいた。

そんな政吉のためにも早く目を覚まさせ、定謙からも手を引かせたい。

しかし、今は幾ら言っても聞く耳を持ってくれない。

ならば不毛な言い合いなど止めて、しばらく放っておいたほうがいい。

怒りや驚きで表情を変えてもいちいち反応せず、自分がどんなに愚かしい真似をしているのかを、気付かせるより他にないのだ。

「どうしなすったんです？　お帰りはあちらですぜ、半さん」

「………………」

俊平をちらりと見返し、半蔵は無言で踵を返す。

一周り近くも年上でありながら、大人げなく取り乱すわけにはいくまい。そう思って必死で耐えたものの、裏切られた悔しさは計り知れないものだった。

木戸門を潜った半蔵は、ふらつく足を踏み締めて表の通りに出る。

自分の甘さを思い知り、その甘さを平然と割り切って利用した俊平を、憎まずにはいられなかった。

とはいえ、悔やむばかりでは始まるまい。

挽回するために前向きな行動を起こすべきだったが、今すぐ俊平を出し抜いて本郷に先行し、太兵衛に話を持ちかけても無駄だろう。

親は子を贔屓せずにはいられないものである。

独り立ちさせて別々に暮らしていても、太兵衛と俊平のつながりは強い。

半蔵が南町奉行の味方となり、息子を裏切ったと知れば、探索に手を貸してはもらえぬだろう。

何も知らない太兵衛を騙し、盗っ人一味の調べに協力してもらう約束を今夜のうちに取り交わしたところで、後から反故にされることは目に見えていた。

それに俊平の姉で、出戻りの綾も父親を慕っている。早くに亡くした母親に代わって太兵衛の世話を焼き、商いも甲斐甲斐しく手伝っていた。

そんな絆も固い一家に割り込もうとしたところで、相手にされまい。俊平を説得するのが叶わぬばかりか、思わぬ形で裏切られてしまった以上は潔く、諦めるより他になかった。

(向後は政吉も敵と見なさねばならぬ、か……)

切ない気分を振り切るかの如く、半蔵はずんずん歩を進める。

裏切られたからといって、いつまでも悔やんではいられない。

この状況からどうすれば巻き返せるのか思案し、次善の策を講じるのだ。

ともあれ、今宵はこのまま駿河台の屋敷に引き上げるしかあるまい。

打ちのめされた気分のままで夜の江戸を探索したところで、気が萎えていては鍛えた体も思うように動かない。盗っ人一味を見つけ出すどころか半蔵自身が賊と間違われ、火盗改にでも追われる羽目になるのがオチだろう。今は怒りと焦りを抑え、捲土重来を期すべきだった。

(見ておれよ、高田……)

胸の内でつぶやきながら、半蔵は夜更けの八丁堀を後にする。

傷つけられた心が痛い。

早く屋敷に戻り、何も知らない佐和に癒してもらいたかった。

影御用について妻に明かさずにおいたのは、今にして思えば幸いだった。

このところ夫婦仲は良好であり、何も言わずに甘えかかっても、以前のように叱り付けられることはないだろう。

されど、半蔵がこれまでやってきた影御用について、すべてを知ったときには佐和も呆れ果てるだろう。

笠井家代々の勘定所勤めを誇りとしながらも、佐和は奉行のために命を懸けて働くことがご奉公とは思っていないからである。

百五十俵取りの小身とはいえ、笠井家は三河以来の直参旗本。

旗本にとって、主君は征夷大将軍のみ。

本来ならば将軍の御為の滅私奉公を、役目の上で従うだけの勘定奉行にさせられるとはどういうことか。

あまつさえ勘定所勤めには無用な剣の腕を見込まれ、影御用と称して意のままに利用されるとは何事か。

そんなことを言って憤るに違いない。

太平の世で武士が刀を抜く必要に迫られるのは上意討ちと介錯、仇討ちぐらいのものである。

上意討ちは主君から命じられ、介錯は切腹をする友人知人からの最期の願いとして、そして仇討ちは不名誉な死を遂げた当主の汚名を雪ぎ、家を絶やさぬために果たすべき武士の責任。

そのいずれかに半蔵が巻き込まれたら、佐和は腹を立てるどころか進んで事に臨ませるはず。

だが、影御用についてはどうか。

一歩譲って、梶野良材の密命を受けていた頃のことはまだ分かるだろう。

本来ならば将軍以外のために命を懸ける必要は無いはずだが、奉行の命令には逆らえないのが厳しい現実。

半蔵の如く刀を取る羽目にまではならなくても、断れぬ御用をみんなそれぞれに押し付けられているのだ。

とはいえ直接の上役でもない南町奉行のため、しかも一文の見返りも求めずに自ら進んで修羅場に赴き、悪党退治に励んできたと知れば、どうだろうか。

やはり佐和は呆れるのか。

利用されているだけと見なし、俊平のような態度を取られてしまうのか。

「…………」

屋敷が近付いてくるほどに、半蔵は動揺を覚えずにはいられない。

一夜のうちに二度までも、傷つけられたくはない。

弱い心が悲鳴を上げていた。

冠木門を潜る足も震えている。

背後で扉の閉まる音が、やけに大きい。

佐和は式台の上に座って、夫の戻りを待ち侘びていた。

「遅うございましたね、お前さま」

下げた頭をすーっと起こし、告げてくる口調に咎める響きはなかった。

美しい顔にも、険はない。

帰りの遅い夫の身を案じ、純粋に待ってくれていたのだ。

そんな妻の姿を目にしたとたんに、ふっと半蔵は笑みを誘われる。

むやみに甘えかからずとも、十分に癒されていた。

三

それから十日が過ぎた。

今日も半蔵は定刻どおりに出仕し、例によって速やかに日中の勤めをこなした上で定刻早々に勘定所を後にした。

大手御門を潜り出て、向かう先は八丁堀の呉服橋。

北町奉行所のお膝元に来たからといって、俊平を訪ねる気など毛頭無い。

日没前から『笹のや』は混み合っていた。

「あら旦那、いらっしゃい！」

「うむ……」

笑みを向けたお駒に軽くうなずき、半蔵は二階に上る。

このところ、お駒は芝居抜きで愛想がいい。

梅吉も以前のように睨み付けては来ず、板場（いたば）で黙々と包丁を握っている。

自分のことがどう思われているのか、半蔵は知らない。

ただ、過日のやり取りを機に二人とも態度が和らぎ、むやみに突っかからなくなったのには気付いていた。

矢部定謙は、お駒と梅吉にとっては親の仇。

先だっての小塚原（こづかっぱら）では見逃したものの、いずれ必ず討つつもりでいるのは半蔵も分かっている。

切なる願いを無視することは、さすがにできかねた。

どちらに味方するか、そのうちに答えを出さねばなるまい。

ともあれ、今は影御用の支度に専念すべきだ。

板敷きの部屋は殺風景ながら、いつもの如く片付いていた。

右手に提げた刀を置き、半蔵は備え付けの行李（こうり）を開く。

中から取り出したのは木綿の単衣と袴、そして汗取りの半襦袢(はんじゅばん)。

半蔵は黙々と着替えを始めた。

出仕用の裃(かみしも)と半袴、熨斗目(のしめ)の着物を脱ぎ、古びた着衣に装いを改める。

かねてより衣装の手入れをお駒に任せている半蔵だが、近頃は適度に手抜きをすることで、より本物らしく見えるように協力してもらっていた。

単衣も袴も、破れをわざと不器用に繕(つくろ)ってある。

手先が器用で家事を滞りなくこなすお駒がわざとそうしたのは、着衣の手入れを頼む女の一人もいないと思わせるためだ。

襦袢の首筋に黄ばみが目立つのは、洗濯に汚れ落としの灰汁(あく)を用いず、適当に水にくぐらせるだけで済ませていればこそ。

襦袢に単衣を重ね、帯を締めて袴を穿く。

着替えが済めば、次は髪である。

お駒は部屋の隅に台付きの鏡を、そして手桶に水を一杯用意してくれていた。

手ぬぐいを濡らして絞り、鬢(びん)付け油を落とした上で半蔵は手櫛を入れる。

指で髪型を調えるのではなく崩したのは、より浪人らしく見せる工夫。

半蔵は俊平に対抗し、他の薬種問屋に聞き込みを始めたわけではない。

この十日の間、ずっと尾行に集中していたのだ。

あれから俊平は実家の小諸屋を通じて同業者たちに呼びかけ、眠り薬の材料に関する取り引きの履歴を、速やかに提出してもらっていた。

疑わしい者を絞り込めば、後は裏付けを取るのみだ。

かくして早々に聞き込みを始めた北町奉行所の面々を、半蔵は密かに監視していたのである。

下手に張り合うよりも高みの見物をさせてもらい、成果のみ奪ってやればいいではないか――斯様に割り切ってのことだった。

御庭番だった祖父譲りの忍(しの)びの術を心得ている半蔵がその気になれば、面識のない同心たちはもとより、俊平の目さえもごまかせる。

七方出と呼ばれる変装術で身なりを変え、隠形(おんぎょう)の法で気配を殺して彼らの後を毎日尾行するうちに、半蔵には少しずつ成果が見えてきた。

一両日中に、俊平は万年青組の隠れ家に辿り着くだろう。

見届けたら南町に急を知らせ、北町が捕物に出動する前に先回りして、盗っ人一味を引っ捕らえてしまえばいいのだ。

必ずや俊平は吠え面(づら)を掻くであろうし、半蔵も溜飲が下がるというもの。

人の成果にただ乗りするのは恥であるという考えを捨てることで、半蔵は目的を達するつもりなのだ。

卑怯な真似とは思わない。

敵の油断に付け込むのは真剣勝負に限らず、諜報戦においても同じこと。

こちらの隙を最初に突いたのは、元はといえば俊平なのだ。

とはいえ、半蔵も反省してはいる。

甘えを抱き、人の助けを借りようとしたから痛い目を見たのだ。

やはり、何事も一人でやらねばなるまい。

これからも一層、そう心がけていくつもりの半蔵だった。

盗っ人あがりのお駒と梅吉の素性を世間に明かさぬのと引き替えに、影御用の支度部屋を提供させてはいても、腕まで借りようとは考えていない。

一度だけ、吉原で悪党に囚われの身となった定謙を救出するときに、お駒と共に戦ったことがあるだけだ。

女だてらに梅吉よりも腕が立つのは承知の上だが、若い女を修羅場に行かせるのは気が進まない。

なまじ強くて自信満々だからこそ、危ない目に遭わせたくないのである。

矢部定謙は存外に強い。手練と呼べるほどの域ではないにせよ、火盗改あがりの猛者と呼ぶにふさわしい遣い手である。

お駒が挑んだところで、まず敵うまい。

酒浸りになっていた頃でさえ、襲撃したものの倒せなかったのだ。

あのときも、本来ならば定謙を護るべき立場の半蔵が逃がしてやったからこそ助かったのだ。

むしろ仇討ちを避けさせるのが、思いやりなのかもしれない——。

「どうしたサンピン？　思い詰めたような顔ぁしやがって」

不意に声をかけられ、半蔵は慌てて向き直る。

階段の上り口で、梅吉が怪訝そうにこちらを見ていた。

手には竹皮の包みを持っていた。

「ほら、持っていきねぇ」

「す、すまぬ」

ぎこちなく礼を述べつつ握り飯を受け取り、階下に降りていく。

入れ違いにお駒が上ってくる。

一階の客には酒も肴もひとまず行き渡ったので、しばし離れても大事ない。

「旦那がどうかしたのかい、梅？」

「やっぱり妙な塩梅ですぜ、姐さん」

声を顰めて問うたお駒に、梅吉は解せぬ様子で言った。

「矢部の野郎から、よっぽど難しい事件を引き受けたんじゃねぇですか」

「まぁ、あの人は好きでやってるんだろうけどさ」

先程はお愛想で笑顔を見せておきながら、お駒は素っ気ない。

自分たちを護ると言ってくれたことに素直に感謝し、その気持ちを信じた上で仇討ちをさせてくれる日を待つつもりでいても、影御用にまで口を挟むつもりはないからだ。

一方の梅吉のほうが、いつになく半蔵が気がかりらしかった。

「それにしたって、ちょいと思い詰めすぎでさぁ」

「どうしたんだい梅さん、旦那の心配をするなんて珍しいじゃないか」

「そりゃあ、犬っころだって三日も一緒にいれば情が湧きやすからね」

「そんなこと言ってお前さん、旦那の御用を手伝いたいんじゃないのかい」

「何を言いなさるんです、姐さん。俺ぁ御上の密偵になんか……」

「そんなに気になるなら、尾けてみちゃどうだい」

「店はどうするんです?」

「肴なら作り置きで十分さ。ほら、行っておいで」

「仕方ありやせんねぇ……そこまで言いなさるんなら、ちょいと見て来やすよ」

苦笑しながら梅吉は着流しの裾をはしょり、頭に巻いた手ぬぐいを取る。

すでに日は暮れていた。

辺りが闇に包まれる時分となれば屋根伝いに移動したほうが早く、半蔵にすぐ追い付いた上で気取られずにも済むというものだった。

二階の部屋には、履き物があらかじめ用意されている。天井の抜け穴も、この二階を半蔵に支度部屋として提供する以前に拵えたものだった。

盗っ人稼業の足を洗って小さな料理屋を営んでいる今も、二人はいつも油断をしていない。役人に正体を嗅ぎ付けられ、踏み込まれたときは速やかに逃げ出すことができるように、抜かりなく備えているのだ。

お駒の養い親だった夜嵐の鬼吉親分に能く仕え、その片腕と呼ばれていた霞の松四郎が梅吉の父親である。

屋根から屋根へ飛び移る身軽さは親譲り。

板前に身をやつしていても、些かも鈍っていなかった。

四

半蔵が宵闇の町を行く。

八丁堀から茅場町、人形町通りと来て、向かった先は日本橋の馬喰町。

訴訟の仲介をする公事宿が軒を連ねる界隈には、安宿も多い。

そんな界隈をぶらつく半蔵は尾羽打ち枯らした浪人、それも小藩で勤めをしくじった浅黄裏くずれが稼ぎ口を求め、うろついているとしか見えなかった。

半蔵が会得している忍びの者の変装術には、常のとおりに武士の姿のままで行動することも含まれる。

武士といっても千差万別であり、ふだんの勘定所勤めで着用している裃は半蔵にむしろ似合っていない。まして絹物など論外であり、こういった地味で粗末な木綿物を着ているほうがしっくりする。同じ浪人態でも遊冶郎めいた黒羽二重の着流しよりも、伸ばしきれぬ皺が残った綿袴を穿いた、武骨な装いが自然に映るからこそ誰からも疑われず、探索中とは見抜かれないのだろう。

そんな半蔵が向けた視線の先を、一人の男が歩いていた。

身の丈こそ並だが足腰はしっかりしており、足の運びも力強い。

大事そうに抱えていたのは、葉の育ちも健やかな万年青の一鉢。

万年青は富める者も貧しき者も、それぞれに楽しむことができる。葉を斑入りにして育てた高級品は値も天井知らずで、豪商たちが費えを惜しまずに競り合うほどだったが、ごくありふれたもの、それも株分けしたての小さな鉢は裏長屋で暮らす人々も気軽に買える。

その後方からも、やはり鉢を抱えた男が現れる。

別に珍しいことではない。

通りの反対側から同様の男が姿を見せても、知り合いでもない限りは誰も気にしないだろう。

半蔵とて、その男たちを見知っていたわけではない。

界隈に張り込んだ北町奉行所の同心が向けた視線を辿り、彼らの間につながりがあると目星を付けただけだった。

万年青を抱えた男たちは宵闇の中、それぞれの足取りで歩いていく。

行く手に見えてきたのは小さな薬屋。

折しもあるじと思しき男が表戸を下ろし、表に出てきたところであった。

見るからに人の好さそうな丸顔で、程よく肥えた体付きは貫禄十分。

腹が出ていても、足腰は引き締まっている。

武芸の修練ではなく、日々の商いの中で鍛えられた体付きだ。

町中を流して薬を売り歩く定斎屋（じょうさいや）から身を起こし、小さいながらも店を持ったというところだろうか。

万年青の鉢を持った男たちは、次々と薬屋の前にやって来た。

どの者もあるじに向かって頭を下げ、二言三言の挨拶（あいさつ）を交わすとすぐに中へと入っていく。

これもまた、別段珍しい光景ではない。

それぞれに丹誠を込めた万年青を持ち寄り、品評し合うのは大店の旦那衆だけに限らず、裏店住まいの人々でもやっていること。このあるじが仲間を集めたところで何らおかしくはなかった。

そんな男たちの動きを気にしていたのは、三人のみ。

一人は黒羽織を脱いで風呂敷に包み、もとより十手（じって）も隠した上で張り込む、北町の廻方同心。

二人目は、その視線を辿る笠井半蔵。

そして三人目は、半蔵を追ってきた梅吉だった。

（何をしてやがるんだ、あのサンピン……？）

梅吉は拍子抜けしていた。

また抜け荷の一味でも探りに来たのなら面白い、退屈しのぎに助っ人でもしてやろうかと勢い込んで追って来たというのに、辿り着いた先はほんの小さな薬屋だったからだ。

（ったく、あんな店に何があるってんだ）

裏で阿芙蓉を商っているとも思えない、ありふれた小店である。

されど、町方同心が張り込んでいるのは後ろ暗いところがあればこそ。

大した事件ではないにせよ、こうして足を運んだからには気にはなる。

とりあえず、野次馬気分で見物していこう。

そんな軽い気持ちで居残りながらも、盗っ人の習いで梅吉は気配を殺すことができていた。

とはいえ、身の軽さほどには修練が行き届いていない。

張り込みの同心はともかく、半蔵はいつもであればすぐに気付いたはず。

だが今は薬屋に集中していて、すぐ近くにいながら分からぬままでいる。

揃いも揃って万年青を抱え、薬屋に入った客は七人に達していた。

それが最後であったらしく、あるじは店の表戸を下ろす。

その丸顔が梅吉から見て取れたのは、中に入る間際の一瞬のみ。

わずかでも視線が逸(そ)れていれば、知り人とは気付かぬままだっただろう。

「！」

梅吉は危うく声を上げそうになっていた。

たまたま利かせた夜目に映じた顔は、もはやこの世にいないはずと諦めていた男のものだったからである。

（よ……萬(よろず)のお頭……生きておいでだったんですかい……）

薬屋のあるじの正体は萬の万作(まんさく)の通り名を持つ、盗賊一味の頭。

万年青組を束ねる万作は夜嵐の鬼吉と兄弟分の間柄で、かつて火盗改の長官として腕を振るった矢部定謙との間にも、浅からぬ因縁(いんねん)のある男だった。

第五章　報われぬ男

一

「誰でぇ！　そこに隠れていやがるのは!!」

誰何（すいか）の声も強く、北町奉行所の同心――高田俊平が向き直った。

何者かが背後に身を潜め、自分が目を付けたのと同じ薬屋を見張っているのを察知したのだ。

すでに夜は更けている。

薬屋の表戸は固く閉じられ、通りを行き交う人も絶えていた。

多少の騒ぎになっても、大事はあるまい。

懐（ふところ）から抜いた十手を握り、俊平はじりじりと間合いを詰めてくる。

つい先程までまったく察しが付かずにいた、梅吉が身を潜(ひそ)めた物陰を正確に見据えている。

梅吉は動けなかった。

旧知の万作が生きていたと知るに及び、驚きの余りに気配を殺すことを忘れてしまったのである。

十年近く前、大坂で配下の七人と共に処刑されたはずの親分が思いがけず目の前に現れたとなれば、驚愕したのも無理はない。

先に出かけた笠井半蔵の後を追い、遅れて馬喰町(ばくろちょう)までやって来た梅吉は、店の中に姿を消した七人の顔までは見ていなかった。

彼らのことも目にしていれば、間違いなく、大坂で生き別れになった仲間たちとすぐに分かっていただろう。

万作の顔にしても、ほんの一瞬、戸を閉める寸前に見えただけなのだ。

だが、それでも梅吉にとっては十分だった。

唯一の肉親だった父を矢部定謙に斬り殺され、同様に天涯孤独(てんがいこどく)となったお駒と共に引き取られて以来、万作は盗みの技を厳しく仕込む鬼の親分であると同時に優しい父親代わりでもあった、無二の恩人だ。

宵闇の中、たとえ遠目であっても見間違えるはずがない。

万作は生きていたのだ。

大坂で処刑を免れ、いつの間にか江戸に戻っていたのだ。

改めてそう確信したとたん、梅吉は気付いた。

（そうか……親分はまだ、お勤めをしてなさるってことかい……）

堅気になっていれば北町奉行所の同心が目を付け、張り込むはずがない。

しかも、半蔵まで動いていたのである。

かねてより半蔵は悪党どもを生け捕りにしては南町奉行所に引き渡し、奉行の定謙の評判を高めるために頑張っている。

お駒と梅吉にしてみれば、親の仇に肩入れをされるのは腹立たしい限り。

一体どちらの味方なのかと、時には問い質したくもなる。

それでも半蔵を信用し、いずれは仇を討たせてくれるはずと思っていた。

だが、もはや信じてはいられない。

二人にとっては親にも等しい万作を捕らえるべく、半蔵は密かに探索を続けていたのだ。

この十日ほど妙に気合いを入れ、今度は如何なる事件を追っているのか、無茶をしすぎなのではないかと、お駒ともども気に掛けていた梅吉だったが、いざ蓋を開けてみれば何のことはない。

いがみ合いながらも少しずつ、好意と信頼を寄せていた二人を裏切って半蔵は無二の恩人を狙ったのだ。

その半蔵は俊平に気付かれることなく、先程から身を潜めたままでいる。

俊平と梅吉が争うのを、黙って見ているつもりなのだろう。

勝手なものだが、最初から敵だったと思えば腹も立たない。

迫る俊平をきっと見返し、梅吉は立ち上がった。

かくなる上は、隠れていても無駄なこと。

俊平は言うに及ばず、半蔵も敵に回す覚悟であった。

「…………」

無言のまま、梅吉は懐に両手を入れる。

取り出したのは、小ぶりながら肉厚の短刀が二振り。

宵闇に刃（やいば）がぎらりと光る。

闇に浮かぶ梅吉の双眸（そうぼう）も、鋭い光を放っていた。

その顔を目にした俊平は、驚きを隠せずにいる。

「お前さん、どうしてこんなとこに……？」
まじまじと見返す俊平は、かねてより梅吉のことを知っていた。

去る四月に矢部定謙が新しい南町奉行になるのを阻止するため、お駒と梅吉に仇を討たせる計画に手を貸したからである。

四月二十六日――南町奉行所に着任する前々日、当時は下谷の二長町の屋敷で暮らしていた定謙が前祝いの酒に酔い、ご機嫌になっている隙を突いて、厠の前から連れ去ったのだ。

矢部邸に忍び込み、当て身を喰らわせて拉致したのは俊平、そして天然理心流の同門で、定謙にかねてより恨みを抱いていた浪岡晋助だった。

十手を預かる身で無法を働いたのは褒められたことではあるまいが、南町奉行所の元吟味方与力で俊平の私淑する宇野幸内が策を練り、実行したことだけに手伝わぬわけにもいかなかった。

幸内は現役当時に「南町の鬼仏」と呼ばれた、知勇兼備の切れ者だ。

鬼と仏の異名を冠するとおり、幸内は外道に厳しいが弱者には優しい。

二十年の長きに亘って奉じた南町奉行の職を定謙に奪われるのが納得できずにいた筒井政憲のために、そして盗っ人ながらひとかどの男と見込んでいた夜嵐の鬼吉と、その片腕だった霞の松四郎の遺児であるお駒と梅吉のために、隠居して久しい身で一肌脱いだのだ。

結果として計画は頓挫し、俊平は鳥居耀蔵が定謙を救出するために差し向けた配下の小人目付衆と子飼いの剣客たちを相手取り、お駒と梅吉を護って戦う羽目になっただけのことだった。

あのときは行きがかりで命を救ったものの、二度まで見逃すつもりはない。

捕物を邪魔立てするならば尚のこと、放ってはおけない。

いずれにしても、刃を向けてきたからには対決は避けられなかった。

二振りとも切っ先を前に向け、梅吉は短刀を順手で握っている。

自ら間合いを詰めようとはせず、逆に近付こうとする俊平を鋭い視線と切っ先で制しながら、一定の間隔を保っていた。

俊平が若いながらも剣の手練なのを梅吉は知っている。

十手で埒が明かなければ刀を抜き、この場で斬り捨てはしないまでも、浅手を負わせようとするであろうことは承知の上のはずだった。

剣の遣い手に短刀で立ち向かうには、選ぶ戦法は二つしかない。捨て身で内懐に飛び込みざまに刺すか、遠間から狙い澄まして投げ付けるかだ。

梅吉は後者の戦法で来るつもりだろうと、俊平は見なしていた。

振り上げて刺すのであれば、短刀は逆手で握ったほうが勢いも付く。

それを順手で持ち、しかも二振りをあらかじめ用意しているのは、飛剣（ひけん）の術に自信があるからに違いない。

「まさかお前さん、萬（よろず）の万作の仲間なのかい……？」

油断なく十手を向けつつ、俊平は問いかける。

空いた左手は、懐中の鉤縄（かぎなわ）を握っていた。

細く丈夫な麻縄の先に鉄の鉤を装着した、遠間から相手の不意を突くのに最適の捕具（ほぐ）である。

梅吉が短刀を投げ付ける気配を見せれば、即座に放つつもりだった。

目の前の若者が元は盗っ人だったことは、もとより承知の上である。

この場にはいないお駒もいっぱしの女賊であり、伊達に梅吉から姐（あね）さんと崇（あが）められているわけではないのも分かっている。可愛い顔に気を許すと火傷（やけど）するぜと幸内からは釘を刺されてもいた。

そんな二人が実は万作の盗っ人仲間だったとすれば、梅吉がこの場にいきなり現れたのもうなずける。

思わぬ邪魔が入ったものだが、今はぐずぐずしてはいられなかった。

大事そうに万年青を抱えて集まった七人が万作の配下であり、これから盗みに入るための支度をしているのであれば、速やかに取り押さえねばならない。いつまでも梅吉に釘付けにされていては、呉服橋の北町奉行所で待機している仲間の同心たちに急を知らせることもできなかった。

こんなことならば政吉を先に帰さず、老体に負担をかけるのを悪いと思わずに張り込みに付き合わせるべきだった。

しかし、今になって悔いても遅い。

確証を摑んだ上で、速やかに知らせに走らなくてはならない。

その前に梅吉を叩きのめし、ついでに口も割らせて、一味について白状させる必要がある。

「いいかい、もしも万作を下手に庇い立てしやがったら、お前さんも一緒にお縄を受けてもらうことになるのだぜ。それでも構わねぇってのかい？」

「…………」

重ねて問うても、梅吉は答えない。

無言のまま、鋭い視線と切っ先をこちらに向けるばかりであった。

「てめぇ！　いつまで黙っていやがるつもりなんでぇ!!」

カッとなった俊平が苛立ちの声を上げる。

目の前の梅吉にかかりきりになっていて、背後にまで気を配ることが迂闊にもできていない。

その隙を突き、半蔵はおもむろに姿を現した。

梅吉にも気取られぬように間合いを詰め、俊平の背後に立つ。

振り向くより早く、浴びせたのは手刀の一撃。

首筋をしたたかに打たれ、俊平は気を失って崩れ落ちた。

「サンピン、お前……」

「心得違いをいたすでないぞ」

驚く梅吉に、半蔵は淡々と説き聞かせる。

「高田にしばし眠って貰うたのは、おぬしを助けるためには非ず。あれなる店に潜みし者共の素性を探るのを、邪魔立てされては困るからだ」

つぶやく口調に迷いはない。

同門の友を打ち倒したのも、それだけ強い決意があればこそだった。

敬愛する定謙のために、必ずや事を為す。そう心に決めているのだ。

　されど、梅吉も決意は固い。

「それじゃお前、俺が邪魔したらどうするんでぇ」

　告げる口調は、ふてぶてしくも堂々としている。

　半蔵も負けてはいなかった。

「もとより容赦はせぬ故、覚悟せい」

「へっ、サンピンが生意気な口を叩くじゃねーか」

「おぬしこそ強気だな」

「当たり前だろ？　男が世話になったお人を護ると決めたからにゃ、体ぁ張るに決まってらぁ。親代わりになってくだすった親分のためとなりゃ、姐さんだって後に退かねぇだろうさ」

「そのとおりだよ、梅……よくぞ言ってくれたねぇ」

　決然と宣した梅吉に続いて、お駒の声が聞こえてくる。

　今度は半蔵が驚かされる番だった。

「おぬし、どうしてここに……」

「妙な胸騒ぎがしたもんで、店を早じまいしたんだよ。心配して来てみりゃ碌なことをしちゃいないねぇ、旦那」

どことなく、がっかりした態度である。

先程からのやり取りを耳にして、半蔵が自分たちの敵に回ったことがはっきりしたからだ。

しかし、いつまでも落ち込んではいられない。

「悪いけど、お前さんに好き勝手はさせないよ」

不敵にうそぶくお駒は、着慣れた黒装束をまとっていた。

頬被りに隠れた顔は見えなくても、鋭い目付きと強気な物言いは彼女ならではのものとすぐに分かる。

半蔵と目を合わせたまま、梅吉に念を押す口調も力強い。

「あれが万作おじさんのお店(たな)ってのはほんとなのかい、梅」

「へい。表戸を閉める前に、お顔を拝見しましたんで……」

「見間違いじゃないのかい？」

「親の顔を忘れるわけがねぇでしょう、姐さん」

「そうかい……お前がそこまで言うんなら、間違いあるまいよ」

うなずくお駒は、鉤縄を手にしていた。

お駒が盗っ人を捕らえるための縄術を逆に会得しており、侮れぬ遣い手なのは半蔵も承知の上。

味方にしておけば心強いが、敵に回せば厄介なのも分かっている。

されど、好き勝手にさせてはなるまい。

この二人の親代わりであろうと、万年青組の頭目ならば倒さねばならない。

捕らえるのは南町奉行所の仕事だが、捕物がしやすくなるように段取りをするのは半蔵の役目。

あくまで邪魔立てするつもりであれば、容赦してなどいられない。

気の毒ではあるが、大人しくなってもらわねばなるまい。

だが、本気になった二人は手強かった。

「む！」

半蔵は地を蹴った。

横っ跳びで避けたのは、宵闇を裂いて飛来した二振りの短刀。

両手に握った得物を、梅吉は同時に投げ打ったのだ。

「梅っ」

すかさずお駒が放ったのは、革にくるんで束ねた短刀だった。

続けざまに狙い打てるように、予備を持ってきてやったのだ。

「かっちけねぇ、姐さん！」

新たな得物を手にするや、梅吉は不敵な笑みを半蔵に向ける。

半蔵も抜かりなく、臨戦態勢を調えていた。

刃引きの鞘を払い、八双の構えを取る。

孤立無援の状況だった。

もしも平勘定の立場のままで闇討ちをされたのであれば大声を上げ、界隈の人々に助けを求めることもできただろう。

しかし半蔵は人目を忍び、影御用を遂行する身。

隠密行の最中に、助けを呼ぶわけにはいかない。

まして遠間から自在に攻められる得物の遣い手にしてみれば、これは好都合な限りの状況だった。

さしもの半蔵も、短刀と鉤縄で代わる代わる攻めかかられては、避けるのが精一杯。

なかなか反撃に転じることができずにいる。

（出刃打ちか……こやつ、厄介な術を心得ておったのだな）

思わぬ手強さに、半蔵は少々焦りを覚えていた。

梅吉の得物は、見世物小屋の芸でも難易度の高い、的打ちに用いる短刀。

刃長（はちょう）こそ短いが、寸の詰まった両刃の刀身は鋭く研（と）ぎ上げられ、適度に重みもあるので、飛剣として用いるのに申し分ない。忍びの者の棒手裏剣に及ばぬまでも侮れぬ得物であり、厄介な相手だった。

速やかに蹴散らさなくてはならないが、命まで奪いたくはない。

そんな半蔵の迷いに付け込むかの如く、二人は嵩（かさ）にかかって攻めてくる。

短刀が飛ぶ。

鉤縄が唸（うな）る。

半蔵は刃引きを防具に替え、二人の得物を続けざまに弾（はじ）き返す。

じりじりと進み行く先は、通りを隔てた薬屋だ。

数寄屋橋の南町奉行所へ走って定謙に急を知らせることが叶わず、捕方を差し向けてもらえぬとあっては致し方ない。

自ら屋内に突入し、万年青組を根こそぎ捕らえるつもりだった。

二

表で戦いが始まったのを、戸締まりを済ませた屋内の人々は誰も知らない。

薬屋は通りに面した表の板戸だけではなく、裏の路地につながる勝手口、さらには窓まで余さず閉め切られている。

通気を遮断したのは深い眠りを誘う香りを屋内に充満させた上で、北町奉行所の捕方をわざと突入させるためである。頃合いを見計らって香炉を仕掛け、自分たちは屋根を伝い、速やかに表へ抜け出すことを前提にした企みだった。

それにしても、暑い。

「……町方の役人ども、遅いでんなぁ」

「……そやなぁ。早(は)よ乗り込んで来(け)えへんかなぁ」

上がり框(がまち)に腰を下ろした黒装束の男が二人、小声でぼやき合っている。

ただでさえ暑いのに窓まで閉め切っていれば、蒸すのも当然。

噎(む)せ返る中でだらだら汗を流していても、頬被りの黒い布は外さない。

他の者も、全員が盗っ人装束に装(よそお)いを改めていた。

店に入って早々に帯を解き、黒く染めた裏地を表にして着替えたのだ。

一味の面々は、足拵(あしごし)えにも抜かりがなかった。

万年青組の盗っ人たちはいつでも表に飛び出せるように、全員がおろし立ての草鞋(わらじ)を履いていた。

盗みに出向くたびに新しいものに履き替えるため、一味の根城である薬屋に常に買い置きがしてあるのだ。

万作配下の七人が持ち込んだのは、俊平の目を惹いた万年青の鉢のみ。

その鉢植えも今や用済みとなり、男たちが履いてきた草履（ぞうり）や下駄と一緒に土間の片隅に放り出されていた。

もとより、観賞し合うために持ち寄ったわけではない。

町中で行き交う人々は誰も怪しまず、万年青組の行方を追っている者だけは目に付くはずの鉢植えを抱えて隠れ家に集結したのは、親分の万作から指示されてのことだった。

かねてより万作に付きまとっていながら、姿を見せずにいる連中——高田俊平ら北町奉行所の同心たち、そして笠井半蔵をまとめて誘い込むべく、一味は罠（わな）を仕掛けたのだ。

今宵、万年青組は日本橋の大店に忍び込む手筈となっていた。

これを最後に江戸から離れて上方（かみがた）に舞い戻り、しばらくの間はのんびり暮らすつもりなのである。

親分の万作を除き、一味は全員が上方生まれ。

いずれも年季の入った盗っ人で、いざとなれば捕方の囲みを力ずくで斬り破ることができるだけの、腕と度胸も備えた面々だ。

そんな彼らが江戸に下って盗みを繰り返したのは、南町の名奉行と呼ばれつつある矢部定謙の評判を堕（お）とし、ついでに辣腕（らつわん）の目付と恐れられる鳥居耀蔵の鼻を明かしてやるためだった。

この二人が標的なのは、大塩平八郎の仇だからだ。

四年前の天保八年（一八三七）二月十九日に武装蜂起し、公儀に反旗を翻したものの早々に鎮圧されて自ら命を断った烈士は、かつて大坂東町奉行所で評判を取った名与力。その平八郎に御用鞭にされた万作と配下七人は、死罪に処される寸前に命を救われ、今日まで生き長らえていた。

牢名主と獄医を使って処刑前夜に病死したと偽装させ、御牢内から死体を運び出すと見せかけて、脱出させてくれたのは捕らえた側の平八郎。

牢名主と子分の荒くれどもに一斉に殴りかかられて気を失い、目覚めたときは娑婆に戻っていて驚く万作たちに、平八郎はこう言ったものだ。

『盗みは働けど人を殺さず傷付けず、あくどく稼ぐ奸商（かんしょう）どもから奪いし金の一部を貧しい民に施す心がけを忘れぬとは、見上げたものよ。ひとたび死人（しびと）となりて生まれ変わりし上は、その腕を世のために役立ててはもらえまいか』

自分の屋敷に匿った八人に向かって平八郎は熱く語り、おぬしたちの持てる力を貸してほしいと頼み込む一方で、新たな人別（戸籍）まで抜かりなく用意してくれていた。

かくして別人になりすました万作は、開いた店も昔とは名義が違う。

以前に大坂で西町奉行を務めていた矢部定謙も、まさか名うての盗賊だった萬の万作が生きて江戸にいるとは、気付いていないはずである。

表向きは生きているわけがない以上、御用鞭になる寸前にお駒と共に逃がしてもらったままでいた梅吉も驚いたのは当然だろう。

万作のほうも、逃亡させた後に大坂から姿を消したお駒と梅吉が、馬喰町とは目と鼻の先の八丁堀で料理屋を構えているとは、考えてもいなかった。

いつも二人の安否を気にかけつつ、万作は生き返った後も盗っ人の親分として忙しくしていたからである。

この春に、江戸へ出てきてからのことではない。

大塩平八郎の存命中は、今以上に荒稼ぎをしていたものだった。

命拾いをした一味は新たに万年青組と称し、与力の職を辞して貧民救済に専念し始めた平八郎を支えるべく、公儀と結託して甘い汁を吸う大坂市中の豪商どもから金を奪っては、せっせと活動資金に提供し続けていた。

天保八年の武装蜂起は、万作が手練の技を駆使して盗み出した金が資金の一部となった上で、実現したことなのだ。

陰で協力を惜しまずにいながらも、平八郎が私塾の洗心洞で門人に教えていた陽明学の思想にまで共鳴したわけではない。

多少の金を貯えて大砲まで揃え、手勢を率いて立ち上がったところで、東西の町奉行所の後ろに控えている、大坂城代の戦力には太刀打ちできまい。恐らくは一日と保たずに敗走し、平八郎自身も追い詰められるのがオチだろう。

かかる結末を予測していながら万作たちが洗心洞一派に協力し、資金の足しにするための盗みを続けたのは、無二の恩人にはやりたいようにやらせてやろうという思いやりゆえのことだった。

折からの飢饉で食糧難に苦しむ大坂の民を救おうとせず、将軍のお膝元である江戸に米を集めるのに躍起になっていた東町奉行の跡部良弼、そして良弼に実の兄として廻米を命じた、当時はまだ本丸老中だった水野忠邦のやり口には誰もが怒っていたものの、命を捨ててまで刃向かおうとする者など大坂には一人もいなかった。昔から権力者には逆らわず要領よく、苦境もお笑いに替えるのが彼(か)の地の美徳であり、生き抜く知恵でもあるからだ。

そこを敢えて立ち上がる、平八郎の姿勢は見上げたもの。

阿呆(あほ)なことかもしれないが、恩人だけに応援したい。

もしかしたら平八郎は資金集めを手伝わせるのを目的に、最初から打算の上で万作たちの命を助けたのかもしれなかったが、それはそれで構うまい。

綺麗事を言っていても大望は果たせない、盗賊風情でも役に立つのであれば恩を着せて使役すればいいと考えられるほど割り切っているのなら、むしろ大物であると言えるし、頼もしい。

蜂起に失敗し、提供した資金がすべて無駄金になったとしても、平八郎自身が満足して逝(い)けるのならば、それでいいではないか。

斯様(かよう)に最初から納得ずくで手を貸していたため、万作たちは恩人の死を冷静に受け入れ、その後は人知れず回向(えこう)しながら心安らかに過ごしてきた。資金集めの必要もなくなったので盗みは止め、それぞれの表の生業(なりわい)で食い扶持(ぶち)だけ稼げれば十分と割り切って、のんびり第二の人生を送っていた。

そんな万年青組が今再び、しかも江戸で動き出したのは、亡き平八郎にとって仇である矢部定謙が、急に出世し始めたからだった。

かつて大坂で西町奉行を務めていた定謙は、立場を越えた友人として平八郎と親交を持っていたにも拘わらず、裏切った卑劣漢。

更にさかのぼれば定謙は江戸で火付盗賊改の長官だった頃、万作とは義兄弟の夜嵐の鬼吉を捕物の現場で斬り捨て、その後妻を自害に至らしめたばかりか、霞（かすみ）の松四郎ら配下の面々も問答無用で討ち取った、許せぬ相手である。

鬼吉と松四郎の遺児であるお駒と梅吉を引き取り、大坂に連れて帰った万作は二人の子どもを一人前の盗っ人として育て上げ、いずれは定謙に意趣返しをするつもりだった。

そんな折に定謙が西町奉行となって大坂に赴任したのを幸いとし、討つ機会を虎視（こし）眈々（たんたん）と窺（うかが）っていた最中に東町奉行所に捕らえられ、平八郎に救われたものの捕方の手から逃がしたお駒と梅吉はそのまま行き方知れずになってしまい、再会できぬまま今に至っていた。

あの二人と共に引導を渡し、本懐を遂げさせてやらねば亡き鬼吉も、その後妻も浮かばれまい。

平八郎のためにも許せぬ男だが、やはりお駒と梅吉に討たせてやりたいと願う以上、勝手に片を付けてはいけない。

かくして、別人として生まれ変わってからも報復を自重した万作は、その後に江戸へ戻った定謙が出世の道を断たれたと耳にして、報いを受けたと思うことで溜飲を下げるにとどめたものだった。

ところが、定謙は唐突に持ち直してきた。

かつて定謙とは犬猿の仲であり、老中首座として幕閣（ばっかく）の頂点に立つのと同時に制裁人事で左遷した張本人の水野忠邦といつの間にか和解に至って、念願だった南町奉行職を手に入れたのだ。

あんな男に、立身などさせてはなるまい。

お駒と梅吉に巡り会う前に討ってしまうわけにはいかないが、せめて出世街道からは再び転げ落とさせてやりたい。

しかも、定謙と忠邦の間に入っているのは鳥居耀蔵なのだ。

あの策士も、平八郎のために許せぬ相手。

耀蔵は武装蜂起が失敗に終わった直後、死人に口なしをいいことに事実無根の醜聞を捏造し、平八郎を養子の嫁と密通した破廉恥漢に仕立て上げ、世間からの支持を断った手柄を忠邦に認められ、首尾良く出世を果たしていた。

定謙と同様に許し難い相手だが、命まで取るつもりはなかった。

もとより、万作は殺生を好まぬ質。なればこそ盗みに入るときも刃物を用いず、深い眠りに誘うのだ。

万作は状況に応じて、眠り薬と香を使い分ける。

もともと江戸の生まれで本郷育ちの万作は、盗っ人稼業に入った頃から薬屋を装って行動するのが常だった。

大坂に居た頃も店を構えていたし、旅をしながら盗みを働くときには本職そのままに荷を調えた上で行商人になりすます。

いずれの場合も商うのは本物の薬であり、適当な材料を砕いて丸め、もっともらしい効能を並べ立てただけの怪しい代物とは違う。若い頃には医者を目指して薬種問屋に奉公し、たしかな知識と経験を備える万作が調合するのは、正真正銘の良薬ばかりであった。

効き目も確かな薬を適正な価格で商い、必要なときは医者さながらの診立てや療治もお手の物となれば、重宝されるのは当然のこと。

町中であれ旅先であれ、万作は信用を得るのが早い。

馬喰町界隈の人々も、まさか年季の入った盗っ人とは誰も思っていなかった。

ところが、信用を利用しての荒稼ぎもそろそろ危なくなってきた。

北町奉行所が薬種問屋に渡りを付け、周到な調べを始めたからだ。

まさか小諸屋の三代目の倅（せがれ）が北町の廻方同心で、父親の太兵衛から力を借りて迫ってくるとは、さすがの万作も予想が付いていなかった。

万作は先代の小諸屋に奉公し、丁稚（でっち）から手代に昇格した後は、いずれ番頭にも推されるだろうと仲間内で見なされていた。自ら調合を工夫した眠り薬の効き目の高さに慢心（まんしん）して先代の怒りを買い、店から追い出されていなければ、盗っ人になってはいなかっただろう。

その小諸屋を継いだ太兵衛が当時のことを思い出し、用心して本郷界隈からは仕入れずにいたにも拘わらず、同業の問屋で眠り薬の材料を店の規模に見合わぬほど買い付けている勘造（かんぞう）こと万作が怪しいと、当たりを付けたのだ。

昔と名前が違うために太兵衛も確信までは持てなかったらしく、子細を調べるのは事件の探索が本職である息子の俊平に任せていたが、この息子が若いながらもなかなか手強い。

甘く見ているうちに十日とかからず、万作の店に辿り着いたのだ。

その高田俊平が店の表に張り込んでいる以上、今宵のうちに北町奉行所が乗り込んでくるのは必定。そこで罠を仕掛けるべく、万作は戸も窓も閉め切らせた上で支度を進めていたのであった。

三

蒸し暑い中、万作は壁際に薬簞笥（だんす）が並ぶ板の間で香炉を前にしていた。

香道の席で用いられる、湯飲み大の聞香炉（ききこうろ）とは違う。

小ぶりの盥（たらい）ほどもある平たい陶器の炉は、盗みに入った先の屋内に匂いを密かに充満させ、深い眠りに誘うだけのために作られたものだった。

薄手で軽いため、床下に限らず天井裏にも隠し置くことが可能な香炉の中には火持ちのいい、菱灰（ひしばい）が敷き詰められている。

灰の中央には穴が掘られていた。この穴に熾（おこ）した炭団（たどん）を埋め、灰を盛り上げたところに熱気を通す小穴を火箸で開け、その上に雲母（うんも）の薄い板を置き、焦がさぬようにして香を焚くのだ。

万作は黙々と炭団を埋め込み、灰を均（なら）していく。

そこに、やんわりと合いの手を入れる者がいた。

「そんなまだるっこしい手ぇ使うんは止めにしまへんか、親分」

横から口を挟んできたのは、中肉中背の五十男。

馬喰町の通りを抜け、この店へ最初に足を運んできた男だった。

足腰だけでなく体全体が引き締まっており、壮年に至っても若々しい雰囲気が失せていない。

丸顔だが、顎にも頬にも余計な肉は付いていなかった。

小さな目に愛嬌があり、鼻の下の無精髭も男の目にはだらしなく映るが、女心をくすぐる魅力のひとつと言っていい。

千吉（せんきち）、五十二歳。

一味の小頭である千吉は、万作よりも二つ年上。

日頃は万作を親分として立てているが、急な判断を要するときには遠慮せずにずけずけと物を言うのが常だった。

今宵もまた、苦言を呈さずにはいられぬらしい。

「知ってのとおり、江戸の役人は上方よりしつこいでっしゃろ？　眠らせたっても目ぇ覚ましたらすぐに追って来よるし、面倒なだけですわ。いっそのこと引導を渡したったらよろしいんちゃいますか」

女受けのいい顔で、物騒なことを言うものである。

「……殺す言うんか」

「わいにやらせたってください」

自信たっぷりに申し出た千吉は、出刃打ちの名手。

盗っ人稼業に身を落とす以前は芝居小屋に雇われ、幕間に舞台で的を狙い打つ曲芸を披露していた人気者だが、その人気と男ぶりの良さが災いし、贔屓の大店の女房に乗せられて出刃打ちの技で亭主に傷を負わせ、追われる身となった末に夜嵐の鬼吉に拾われたのだった。

ちなみに梅吉に出刃打ちの技を仕込んだのも、この千吉である。

女で人生をしくじった愚か者でも、腕は本物。鬼吉の許でも必要となれば殺しを厭わず、用心棒に雇われた浪人が一味の金を独占しようと皆殺しを図ったときに速攻で仕留め、仲間たちの命を救ったこともある。

そんな腕の程を知っていながら、万作は取り合わない。

「われ、まだ昔の癖が抜けへんのか。無益な殺生はしたらあかん」

「またそれでっか、親分」

千吉は思わず呆れた声を上げる。

「その心意気はほんまに立派ですけどな、物の道理ちゅうもんが通じよらへん奴らにかかったら、こっちが死に目を見ることになりまっせ」

「そんときはそんときや。覚悟なら疾うの昔にできとるわ」

「そりゃ親分はよろしいでっしゃろ。身内も何もおらへんさかい。だけど、わいは違いまっせ」

「何や、大坂に置いてきよった娘のことかいな」

万作の態度から険しさが失せたのは、千吉が常にも増して差し出がましく、口を挟んだ理由が分かったからだった。

千吉には、今年で三十になる娘がいる。

若い頃に初めての所帯を持って授かったものの、母親が他に男を作って逃げてしまったために男手ひとつで育て上げた愛娘だ。

男とは、意外にまめなものである。母親が子を育てるのを放棄しても代わりに頑張る強さと愛情を持っているし、己の至らなさが原因で家庭が壊れるに至ったときも子どもを捨てたり、邪険にするのを潔しとしない。

千吉の場合も例外ではなく、女遊びが過ぎたのを重々反省した上で、子育てに励んだものだった。

男前の出刃打ち芸人として若い頃から変わらずモテていても、可愛い一人娘に顔向けのできぬ真似はするまいと心がけ、贔屓筋から誘いの声がかかっても帯を解くことは長らく無かった。

そんな我慢が過ぎたのか、大店の妖艶な内儀に誘惑されて夫殺しを引き受けてしまったのをきっかけに、悪の道へと墜ちてしまった千吉だが、嫁いだ娘を想う気持ちは今も強い。父親の事件など気にせず嫁に迎えてくれた、不細工ながらも地道な下駄職人との間には男の子が三人生まれ、いずれも母親似、ひいては祖父である自分に似ていることを、千吉は娘夫婦が暮らす長屋を折に触れ、こっそり覗いては確かめていた。

「そういや、発つ前に娘はんの顔は拝めたんか」

「それがあかんかったんですわ親分。ほら、雨やったやないですか」

「成る程なぁ。表に出て来えへんかったら、顔もよう見れんわ。こっちから行くわけにはいかへんしな……」

「他人のそら似と思わせて、いっそ訪ねてみたらよろしいのかもしれまへんな」

「よう言うた。大坂に戻ったら、そうしてみたらええがな」

「生きとったと分かったら、どないしましょう」

「そんときはそんときや。大塩先生も許してくれはるやろ」

「ほんまでっか」

「三回忌も明けたし、そろそろええ頃合いちゃうか」

「せやったら、親分の仰せのとおりにさせてもらいますわ」

背中を押されて千吉が喜ぶ機を逃さず、万作は念を押す。

「せやけどなぁ、娘はんに名乗りを上げるんやったら、その手ぇを血で汚したらあかんやろ」

「へぇ……そのとおりですわ」

「ほんなら、ここも香を仕掛けていくだけでかまへんな？」

「料簡しました。親分にお任せしまっさ」

千吉は殊勝に頭を下げる。

しかし、続く万作の命令は首肯し難いものだった。

「だったら、こいつも置いていき」

「それだけはあきまへん！」

取り上げられそうになった革の包みを、千吉は慌てて引ったくる。

変わらぬ腕前を誇る、出刃打ち用の短刀をまとめて束ねたものだ。

一味で揃って盗みに出かけるときにだけ携帯する短刀は、万作の店の奥に保管されている。

万が一にも足がつくのを防ぐためだが、盗みに入った先で血を流さぬ万年青組には本来は無用のものである。いっそのこと処分してはどうかと万作は日頃から千吉に進めていたが、頑として受け付けぬまま今に至っていた。

生き別れの娘にきれいな体で名乗りを上げるため、二度と手を血で染めることをしないと誓っておきながら、なぜ短刀に執着するのか。

万作も長いこと知らずにいた理由は、千吉の重たい口から明かされた。

「すんません……親分にも言えへんかったことなんでっけど、わいは短刀なしで危ないとこに行くと震えが来て、どうにもならへんのです」

「そんなら今夜のお勤めにも持っていき……町方の役人が掛かってきても、脅すだけにするんやで」

恥じ入る千吉に、万作はそっと因果を含める。

思い当たる節は以前からあった。

たしかに千吉は類い希な出刃打ちの名手だが、他の仲間たちと違って素手では満足に戦えない。捕方に囲まれても徒手空拳で暴れ回ったり、相手の得物を奪い取って用いたりすることをせず、腕に覚えの短刀を投げ打つ術だけで切り抜けるのが常だった。

得意な武器を常に手許に置いていなくては戦えず、なくしてしまうとどうにもならないというのは、一芸のみを極めた者にありがちなこと。

出刃打ちであれ、たとえば大太刀を用いた抜刀術であれ、遣い手たちの真の力となっているのは、得物を自在に操る手の内、そして土台となる下半身を中心とする体のさばきであり、愛用の武器を無くしても代用は利く。

技術面は申し分なくても精神面で、得物に依存しすぎてしまっているのだ。

そんな千吉を責めるつもりなど、万作には毛頭無い。

配下の七人は、一人一人が大事な存在であった。

大坂では亡き大塩平八郎への義理に生き、久方ぶりに舞い戻った江戸では鬼吉とその後妻の復讐を果たすために盗みを繰り返してきた万作に、よくぞ今日まで付いてきてくれたものだと謝して止まない。

文句などつけては、ばちが当たるというものだ。

されど、何事にも潮時というものがある。

まだ矢部定謙の評判はうなぎ上りのままであり、万年青組が捕まらずにいても貶められることはない。むしろ北町奉行のほうが旗色は悪く、若い頃に無頼の徒を気取って彫り物までしたという、より庶民に近い視線を持つ遠山景元をしのぐ人気を、近頃の定謙は博して止まずにいた。

できれば万年青組をこのまま続け、南町奉行の威信を地に堕とすまでとことん復讐し続けたい。

だが、身勝手な理由から、大事な配下を無駄死にさせるわけにもいくまい。

万作が鬼吉の復讐を果たそうとする一番の理由は、後添いの女房となってお駒を生んだのが、血を分けた実の妹だからである。

妹夫婦を死に至らしめた定謙は、たしかに許せない。

本音を言えば、八つ裂きにしてしまいたいぐらいであった。

いっそのこと刃を浴びせ、相手の命を断ってしまえば何の憂いもなくなるのかもしれなかった。

しかし、それでは外道と同じになってしまう。

万作は、人の道から外れたくはなかった。

志半ばで、それも自らの慢心が原因で医者の道からも外れてしまった身だけに反省するのを忘れず、真っ当に生きていきたい。

そう願えばこそ、万作は盗みをしても人までは殺さない。

たしかに金は大事であり、失えば生き死にに拘わることも多々ある。

弱い者からなけなしの貯えを奪い取るのは、下の下の手合いのやることだ。

その点、万作には違うという自負がある。

やっているのは有り余る財産の一部を、それも出し惜しみしてばかりいる豪商の金蔵から頂戴した上で、貧しい民にお裾分けをするのを欠かさない。

今宵は最後の大仕事。

仕掛ける香炉は薬屋に置いていくのとは別に、背負って持ち運べるようにあらかじめ支度してあった。

「みんなに声かけてくれへんか、千吉」

「へーい」

千吉に全員を集めさせ、万作は香を焚き始めた。

伽羅を主として工夫を加えた芳香は、何も知らずに呼吸をしているうちに深い眠りを誘われ、どうにも起きていられなくなってしまうものの、吸い込まぬように注意していれば大事はない。

この香の強みは、匂いそのものは微かなことだ。

盗みに入る先の豪商とその家人たちとて、馬鹿ではない。

程度の差こそあっても香は日頃から暮らしの中で焚くものであるし、金持ちは仏壇の線香にしても香り高く、さまざまな芳香に自ずと慣れ親しんでいる。商いの上での付き合いで聞香の席に出たりしていれば、尚のことだ。

そういった連中を気付かぬうちに眠らせるため、万作は薬種の知識を基に香りについても独自に学び、今に至っていた。

無益な殺生をせず、一滴の血も流さずに「お勤め」と呼ばれる盗みの仕事を全うするのは難しく、慣れるということがない。

一味の全員が壮年となったのを潮時に、足を洗うべきなのだ。

無茶をせず、後生を大事にするべきなのだ。

矢部定謙には、いずれ天罰が下るだろう。

大塩平八郎を裏切り、義兄弟と実の妹を死に至らしめた報いを、遠からず受けさせられるに違いあるまい。

斯様に信じ、最後のお勤めを全うするのだ。

香炉からは順調に煙が漂い出ていた。

まだ捕方が突入してくる気配はなかったが、香の効き目は明け方まで保つので案じるには及ばない。

蒸し暑い中で我慢をし、通気を遮断していたからこそ可能なことだった。

万年青組の八人は速やかに、二階に続く梯子段を上る。

無駄に煙が入ってくるのを防ぐために最後の者が梯子を引き上げ、上り口には蓋をしてしまう。

後は、一見したところ何でもないようでいて、実はすぐ外れる細工がしてある天井の羽目板を取り外し、やはり出入りがしやすいようになっている屋根の上に抜け出すだけだ。

いつでも先陣を切るのが、親分たる万作の務めである。

「ちょいとよろしいでっか、親分」

万作を天井に向かって押し上げながら、千吉が問うてきた。

「今夜頂戴したおたからはぜーんぶ、江戸の町にばらまくって言うてはったんはほんまでっか」

「それがどないしたんや」

「一両二分ずつ、除（の）けさせてもうたらあきまへんか？」

「……なんやそれ？　えらい半端やなぁ……」

梁（はり）に登って一息つきながら、万作は怪訝そうに問い返す。

続いて梁によじ登った千吉は、照れくさげに告げてきた。

「今夜のお勤めを終いにしたら、江戸の名残に吉原にでも繰り出そかってみんなで話しましてん」

「それで一両二分って言うたんか」

「揚げ代だけでも手許に残れば、まぁええやろってことですわ」

「阿呆やなぁ……お前はんら、そんなんで足りると思うとったんかい」

万作は苦笑しつつ、眼下の仲間たちを見やった。

「違うんでっか、親分？」

「決まりの勘定ちゃいますのん？」

「ちゃう、ちゃう。それやから贅六は吝いだの、すぐ値切りよるだのと江戸の衆から言われるんやで」

揃ってきょとんとするのを見返し、万作は言葉を続ける。

「一両二分いうんは、ほんまに揚げ代だけなんや。料理だの酒だの要らんもんを上乗せされて、五両がとこでも追っつかへん。祝儀も弾んだらんといかんしな」

「鼻紙にひねったるんじゃあきませんの？」

「そんな真似しよったら、たちまち野暮天扱いや」

「嫌やなぁ」

「せやったら内藤新宿にしとき」

「馬ん糞だらけって聞いとりまっけど……」

「知らんのかい。その馬糞ん中に菖蒲咲く言うて、男気のある、情の深ーい妓が揃っとるんや。江戸の名残ちゅうことなら、つんと済ました花魁よりも飯盛女郎衆のほうがよっぽどええで」

千吉たちは黙って耳を傾ける。

江戸育ちの万作だけに、言うことにいちいち説得力があった。

「品川も悪うないけどな、東海道を上るよりも甲州道から回り道したほうが追っ手も撒きやすいやろ……そや、新宿にしとき」

「ほんなら親分、おたからから幾ら除けといたら足りまっか？」

「そんなもん、わしが勘定したるがな」

「ごっついなぁ」

「そん代わり、おたからには手ぇ付けたらあかんで」

「へい！」

「分かっとりまさ！」

仲間たちは口々に笑顔で言った。

士気も高まったところで、八人は屋根の上に出る。

店の前には誰もいない。

半蔵と激しく渡り合っていたお駒と梅吉ばかりか、気を失って倒れていたはずの俊平まで、いつの間にか姿を消してしまっている。

「だーれも来(け)ぇへんで……」

「ほんまや。なんも聞こえへんし……」

濃い闇の中、二人の盗っ人が首を傾(かし)げる。

仲間内でもとりわけ夜目が利き、耳も敏(さと)い彼らに気取ることができないということは、店の周りに不審な者はいないのだ。

「もうええやろ。どのみち店ん中に入り込みよったら、たちまち夢ん中や」

解せぬ様子の二人を促し、千吉は万作を見やった。

「行きまっか、親分」

「せやな」

力強く笑みを交わすと万作は先頭に、千吉は最後尾に付く。

屋根から屋根へ飛び移り、夜陰に乗じて移動する動きは、どの者も壮年とは思えぬほど敏捷(びんしょう)そのもの。

やる気も十分の万作は、お駒と梅吉が自分を護りたい一念で半蔵を店の前から引き離し、今も荒い息を吐きながら懸命に戦っているとは知る由もない。

そして失神から目覚めた俊平が、よろめきながら呉服橋の北町奉行所に何とか辿り着き、かくなる上はと目星を付けた日本橋の大店——折しも一味が向かっている室町の両替商を目指し、待機していた捕方たちが一斉に出動したことも、夢想だにしていなかった。

四

夜の更け行く中、万年青組は最後の仕事に乗り出した。

町境の木戸を避けて屋根伝いに移動し、向かう先は日本橋の室町。

通りに面して富裕な商家が建ち並び、どこからでも富士山を仰ぎ見られることで知られる町だった。

万作が室町に狙いを付けたのは、これが初めてのことである。

あくどく稼ぐ成り上がりの店が割と少ないため、今まで見逃していたのだ。

だが、江戸を去るとなれば遠慮は無用。

金利をむさぼる両替商ならば、上がりを少々かすめ取っても胸は痛まない。

しかも盗み出した全額を江戸中の貧民にばらまくつもりなのだから、気分も上々というものだった。

常の如くのようでいて、一味には油断が生じていた。

その隙を、待ち受けていた同心は真っ向から突いてきた。

万作に続いて、万年青組の面々は屋根から店の前に降り立つ。

地面は連日の雨でぬかるんでいた。

忍び込む先の戸をこじ開けるのは、いつも千吉の役目である。

今宵も常の如くに進み出た刹那、闇の中から圧(お)しの強い声が聞こえてくる。

「出刃打ちの名手であるそうだな、うぬ」

「だ、誰や!?」

千吉は慌てて懐に手を入れる。

しかし、投げ打つには至らない。

短刀を順手に構えた瞬間、抜き打ちの一刀が問答無用で鞘走る。

「ぎゃっ!」

千吉が悲鳴を上げてのけぞった。

「小頭っ」

「なにしてくれんねん、ぼけぇ！」

盗っ人たちは血相を変えながらも、果敢に威嚇の叫びを上げる。

しかし悲しい哉、身には寸鉄も帯びていない。

それと承知の上で続けざまに刃を振るい、瞬く間に七人を斬り伏せたのは捕物装束に身を固めた、六尺近い長身の男であった。

三村右近、二十八歳。

つい先頃に南町奉行所に出仕し始めたばかりの、見習い同心だ。

まだ御成先御免の着流しと黒羽織を許されず、十手も預かっていないのに右近は捕物で本身を振るっても差し支えない、しかるべき理由を承知していた。

「先に得物を手にしたのは、あやつだ……そなたらも、しかと見たであろう？」

「へ、へいっ！」

「間違いありやせん、旦那っ」

同行させた捕方——奉行所付きの小者たちが口々に答える。

どの者も右近におびえ、鉢巻きの下で顔を強張らせていた。

一介の見習いと接する態度ではない。

まだ濫用できるほどの職権も持たぬ身で、どうして捕方たちを牛耳るばかりか問答無用で抜刀できるのか。

すべては南町奉行より、御用のためならば何事も存分にして構わぬとの許しを得た上でのことだった。

万年青組も、残るは万作ただひとり。

背負っていた香炉を投げ付けても、右近は楽々とかわすばかり。

「これまでだな、萬の万作とやら……」

「てめぇ、何者でぇ！」

「ふふふ、年を食っても覇気があるのう。男たる者、そうでなくてはな」

久方ぶりの江戸弁で怒声を上げるのを、右近は楽しげに見返す。

そこに入り乱れた足音が聞こえてくる。

疲労困憊(ひろうこんぱい)をものともせず、俊平が捕方の一隊を率いて駆け付けたのだ。

急を聞いた政吉も同行していた。

「待てーっ！」

声を限りに俊平は叫んだが、間に合わない。

右近の一刀が、大きく弧を描いて振り下ろされる。

無造作なようでいて、手の内も刀さばきも完璧だった。

闇の中を銀光が走ると同時に、鈍い音が聞こえる。

長身から見舞った袈裟斬りは重たい。

どっと地べたに叩き付けられたとき、万作の命は尽きていた。

「な、何をしておるのかっ」

「刃向こうて参ったのを斬り捨てて、何が悪い」

食ってかかった俊平に、右近は冷たい笑みを返す。頬を合わせんばかりに顔を近付ける態度も、あからさまな挑発だった。

不快げに離れた俊平を見ようとせず、右近は小腰をかがめる。

事切れた万作の頬被りを剝ぎ取り、血に濡れた刀身をぬぐう。

無念の形相に一瞥も呉れることなく、路上に放るしぐさに隙は無い。

笠井半蔵とは別に、かねてより万年青組の探索を命じていたとなれば、すべては御用ということになる。

本来は刃引きを帯びるべき捕物出役に本身を持ち込み、さすがに火盗改も手心を加えるであろう丸腰の面々を、問答無用で斬り捨てたのはさすがに行き過ぎというものだが、形だけでも千吉に短刀を抜かせた上でやったこととなれば、与力はもとより奉行の定謙も咎められまい。

それでも、俊平は咎めずにはいられなかった。

「おぬし、それでも町方のつもりか⁉」

御法を護る廻方同心として、気迫を込めた一喝だった。

しかし、右近は微塵も動じない。

「文句があるならば、そちらの奉行を通して言うて参れ」

返す言葉は、勝ち誇った響きを帯びている。

名奉行の遠山景元を擁する北町奉行所に対する挑戦は定謙以下、南町奉行所の面々も、もとより望むところである。

無法な振る舞いにばかり及んでいるようでいながらも、右近は為すべきことはきっちりと為していた。

亡骸が戸板に載せて運ばれていく。

見送る俊平と政吉の表情は、沈鬱そのもの。

お駒と梅吉を振り切り、俊平を追ってきた半蔵も愕然とするばかりだった。

第六章 未熟なり

一

矢部定謙は困惑していた。

「しかとご存念をお聞かせくだされ！ お奉行!!」

笠井半蔵はなぜ、怒り心頭に発して乗り込んできたのか。

立腹している理由が、まったく分からない。

立ち居振る舞いも、いつもとは違っていた。

ふだんの半蔵は朴訥としており、良くも悪くも、華のお江戸の旗本らしからぬ武骨な男である。

一挙一動が実に折り目正しく、見ていて少々肩が凝りはするが、自分に対する敬意がいちいち伝わってくるので気分がいい。

そんな男が今日は別人の如く、無礼千万な行動を取っている。

昼日中から勘定所を抜け出したらしく、定謙が下城するのを待って数寄屋橋の南町奉行所に現れるや、案内(あない)も乞わずに奥へ乗り込んできた。これだけでも失礼なことだが、その上で内与力たちの制止を力ずくで振り切り、奉行の居室に問答無用で乱入するとは、無礼にも程があろう。

他の者が同じ真似(まね)をすれば、ただでは置かない。

半蔵の処分にしても、こちらの胸先三寸である。

定謙がその気になれば勘定奉行の梶野良材に厳重注意を与えた上で、御役御免にしてしまうこともできるのだ。

だが、これまで力を貸してくれた者に対し、そんな真似などしたくない。

半蔵は定謙が最も苦しい時期、側近くにいてくれた者である。

水野忠邦の制裁人事で左遷され続け、酒食遊興に明け暮れて日々憂さを晴らすしかなかった頃に出会っていながら見放さず、しかも矢部家に仕える身に非(あら)ざるというのに、幾度も危ないところを助けてくれたのだ。

左様な男を蔑(ないがし)ろにできるほど、定謙は非情ではない。

何か自分の指示したことが気に食わなかったのか。

あるいは家臣でもないのに甘えすぎていたのに耐えかねて、これ以上は影御用を果たすのは無理と言い出すつもりなのか。

有り得るとすれば、後者だろう。

振り返ってみれば、定謙には半蔵を些か便利に使いすぎていた節がある。

半蔵は報酬を渡すと言っても頑として受け取らず、地味な勘定所勤めでは役に立てる機会が得られぬ剣の腕を悪党退治に振るうことを喜びとしながら、新しく南町の奉行となった定謙を盛り上げる日々に、充実感を覚えているらしいと定謙はかねてより見なしていた。

こんな男が身近にいてくれれば、有難い。

図らずも手に入った半蔵に、定謙が甘えていたのは事実だった。

それが怒りの理由だとすれば、こちらも詫びねばなるまい。

たかが百五十俵取りの小旗本と軽んじることなく、父子ほども歳の離れた身として接し、落ち着かせてやるとしよう。

冷静に考えをまとめ、定謙は下座の半蔵に向き直る。

作法通りに脇息を肘から外し、後ろに置くのも忘れない。

「何としたのじゃ、笠井。まずは用向きを申すがよかろう」

「決まっておりましょう！　昨夜半に無惨なる最期を遂げし、万年青組が始末にございまするっ」

「万年青組？……ああ、件の鼠賊どものことか」

血相を変えた半蔵をよそに、定謙は苦笑を漏らす。

何を言い出すのかと思いきや、持ち出されたのは意外な用件。

昨日の今日とはいえ、すでに定謙の中では終わった話である。

「まこと、あっけない幕切れであったのう。そのほうにも雑作をかけたが、かくなる上は速やかに、一件落着とせざるを得まい」

「一件……落着……？」

「死人に口なしとあっては、吟味をいたすわけにも参らぬからのう」

「……お奉行は、それでよろしいのですか」

「やむを得まいと申したであろう」

「されど、三村右近は拙者の目の前で……」

「そのほうが責を感じるには及ばぬことぞ」

「しかし！」

「落ち着け、笠井」

憤りを隠せぬ半蔵に、定謙はやんわりと語りかける。

左遷続きで気を滅入らせ、気に食わぬことがあれば誰彼構わずに怒鳴りつけていた頃を思えば、別人の如く穏やかそのもの。

それでいて、無惨な最期を遂げた万年青組にはまったく同情しない。

「そも、三村が討ち取りしは盗っ人であるのだぞ。どのみち御用鞭となりし後は獄門に処されるが必定だったとなれば、情けは無用であろう」

「お奉行！」

「これ、左様に声を荒らげるでない」

憤る半蔵を鎮めるのにはこんなに気遣ってくれるのに、殺された盗っ人たちに対しては、冷淡そのものだったのだ。

八人を斬った右近にも、定謙は気を遣うのを忘れていない。

「笠井、そのほうもあやつがやりすぎたと思うておるのか？」

「当たり前でございましょう」

「さもあろうが、堪えてやれ」

ムッとする半蔵に、語りかける口調は柔らかい。

斯様に出られては強くも言えないが、さりとて黙ったままではいられない。

勇を奮って、半蔵は再び口を開いた。

「さ、されどお奉行、三村めは……」

「あやつはこれからの男ぞ。精進を期してやるべきであろう」

「お奉行……」

半蔵は二の句が継げなくなった。

定謙は右近を危惧するどころか、将来性のある人材と見なしているらしい。

すでに二十七では若手とは言えまいが、同心としての右近はまだ見習い。

大胆な捕物をしてのけたとはいえ、奉行所内では番方若同心と呼ばれる、取るに足らない存在なのだ。

しかし半蔵は今のうちから、現状を危ぶまずにはいられなかった。

今日も定謙の将来を案じればこそ、無礼と承知で乗り込んできたのだ。

敬愛する定謙に、もっと自重してほしい。

念願の南町奉行職を得たばかりというのに、危険な真似はしてほしくない。

耀蔵が差し向けた三村右近の本性を、半蔵は知っていた。

あの男は、単に非情なだけではない。

以前に一度、定謙を斬ろうとしたことがあるのに、何食わぬ顔で南町奉行所に身を置いているのだ。

刺客とばかり思っていた男が三村右近という、かねてより南町奉行所に出仕中の見習い同心であると分かったのは定謙が無事に着任し、晴れて新体制が整ってからのことだった。

たまたま顔を見かけた半蔵は仰天し、取り急ぎ定謙に知らせたものである。

されど、定謙は慌てなかった。

いずれ役に立ってもらうと言うばかりで御役御免にすることもなく、そのまま出仕させ続けていたのである。

そんな男が北町奉行所を、さらには半蔵まで出し抜いて、一夜のうちに大手柄を立ててのけたのだ。

一言で言えば、腹立たしい。

同じ南町の廻方同心たちも当然ながら妬ましく、見習いのくせに出過ぎた真似をしおってと文句もしきりらしいが、奉行の定謙が命じた行動となれば、咎めるわけにいかなかった。

この調子で行けば、いずれ右近は廻方へ正式に配属されることだろう。

あの男は危ない。

このまま御用に就かせておいても良いのか。

いつの日か、定謙に害を為すのではないか。

しかし、当の定謙は右近をまったく恐れていない。

「三村を責めてはなるまいぞ。あやつとて刃を向けられたのを封じるべく、やむなく及びしことなのだ」

「………」

「何事も御用を果たさんがためにやったことぞ。疾く忘れよ」

呆気に取られるほど、定謙の反応は素っ気ない。

殺された萬の万作と配下の七人も、これでは浮かばれまい。

半蔵は罪悪感を募らせずにいられなかった。

お駒と梅吉にも、もはや合わせる顔が無い。

あのとき半蔵は挑みかかってきた二人と激しく渡り合い、薬屋の前から離れた路地で抵抗を持て余した末に当て身を喰らわせ、失神させてしまった。そのため二人は万作たちに合流できず、結果として見殺しにしたのだ。

余計なことをしてしまったものである。

半蔵は北町奉行所の動きを追っていくうちに、馬喰町で薬屋を営む勘造という男に目を付けた。

俊平が父の太兵衛を介して薬種問屋から情報を集め、裏付けを取った上で張り込みを始めたとなれば、まず間違いはあるまい。

斯様に判じた上で俊平を尾け、御庭番だった祖父譲りの隠形の法を用いて気配を殺した上で、張り込みの現場を物陰から見張っていたのだ。

傍目には怪しいところなど何もない、温厚そのものの五十男が実は夜嵐の鬼吉と義兄弟の間柄で、お駒が万作のことを「おじさん」と呼んだのは亡き母親の実の兄――伯父であればこそと知ったのは、万年青組の全員が三村右近に皆殺しにされた後のことだった。

教えてくれたのは俊平である。

『二度とこんな真似はしねぇでくだせぇよ、半さん。こっちも負い目があるから大目に見させていただきやすがね、これから先は金輪際、町方の御用に首を突っ込まねぇでおくんなさい』

そう前置きをした上で、万年青組とお駒たちのつながりを明かしたのだ。

話の席には、政吉が呼んできた宇野幸内も加わっていた。若い二人だけでは話にならずに争うばかりと案じてのことだったが、結局は俊平に加勢を呼び、半蔵が責め立てられただけであった。

『身贔屓するわけじゃねぇが、今度ばっかりはお前さんが悪いぜ、半さんよ』

品のいい細面(ほそおもて)を不快そうに歪(ゆが)めて告げる幸内に、そして半蔵に打たれた首筋をさすりながら仏頂面になっている俊平に、政吉は申し訳なさそうに幾度も白髪頭を下げていた。

半蔵の迂闊(うかつ)な行動がみんなに迷惑を及ぼしたのだ。

しなくてもいい南町奉行所の捕物御用を買って出たあげく、北町同心の俊平がお縄にしていれば死罪は免れずとも、少なくとも問答無用で皆殺しにはされずに済んだ万年青組を、酷い目に遭わせてしまったのだ。

三十を過ぎていながら配慮の足りぬ、迂闊にして未熟な限りの行動だった。

誰よりも迷惑をかけられたのは、お駒と梅吉である。

むろん、半蔵としても速やかに詫びを入れたかった。

二人の安否を気にした半蔵は朝になっても寝付かれず、出仕前に呉服橋まで足を伸ばして『笹のや』に立ち寄った。

ところが表に暖簾(のれん)は掛かっておらず、板戸も閉じられたまま。

内側から心張り棒で戸締まりしてあるので、手を掛けても開かない。

『何でぇ、休みなのかい？』

『ゆんべも早じまいだったし、女将が風邪でも引いたのかねぇ』

『仕方あるめぇ。そのへんで稲荷を二つ三つ、つまんでいくとしようかい』

いつもの朝餉にありつけず、そんなことをぼやきながら帰って行く常連の人足たちをやり過ごし、半蔵は訪いを入れてみた。

『私だ……笠井だ……』

返事はない。

明るい朝陽の降り注ぐ下で、半蔵は冷や汗をかかずにはいられなかった。

昨日の今日では、居留守を使われても無理はあるまい。

失神させたまま路上に放置した二人は、戻ってみると消えていた。

あれから蘇生し、何とか自力で引き上げたのだろう。

命まで取らなかったからといって、半蔵を許せるはずもない。今朝のところは下手に出て、謝るより他になかった。

『昨夜はすまぬことをした……おぬしたち、大事ないか……？』

半蔵なりに精一杯、気を遣った呼びかけだった。

しかし、梅吉が答えの代わりに投げ付けたのは出刃打ち用の短刀のみ。

板戸に突き刺さった刀身が半分ほど突き出ただけとはいえ、無事ではすまないところである。

『な、何をいたす！』

切っ先をとっさにかわし、半蔵は板戸越しに思わず声を荒らげる。

と、板戸がわずかに開いた。

半蔵の瞳に映じたのは、吊り上がった梅吉の目。

もとより愛想というものが悪く、界隈の娘たちから色目を使われても見向きもしない梅吉だが、今朝の形相は阿修羅そのもの。

『お、お駒は何としたのか。起きては参れぬのか？』

『お前なんぞに挨拶をする義理はねぇぜ、くそざむらいが』

半蔵を睨み返して告げる口調も、ゾッとする冷たさだった。

すっと板戸が閉じられる。

突き刺さった短刀も、内側から引き抜かれた。

後は咳(しわぶき)ひとつ聞こえてこない。

詫びをしに『笹のや』を訪れた、半蔵の気持ちは真剣そのもの。

しかし、話を聞いてもらえなくてはどうしようもない。

お駒が恨み言を並べ立てる気力すら持てずにいるであろうことは、梅吉の態度から察しも付く。

半蔵は完全に見限られたのだ。

重ね重ね、愚(おろ)かなことばかりしてしまったものである。

万年青組を捕らえることにばかり頭が行ってしまい、たとえ二人と昔馴染みの一味であろうと容赦(ようしゃ)すまいと勢い込んで、突っ走ってしまったのだ。

そこまでやっておきながら、至った結末は残酷なもの。

トンビの如く現れた三村右近に、油揚げをさらわれただけなのだ。

手柄を奪われただけならば、まだ良かっただろう。

右近は、万年青組の八人をことごとく斬り殺したのだ。

出刃打ちの千吉にわざと短刀を先に抜かせて口実を作り、他の者は丸腰だったというのに、全員を問答無用で叩っ斬ってしまったのである。

ぎりぎりのところで御法に則(のっと)った処置とはいえ、真っ当な役人がすることとは思えない。

だが、右近を恨んだところで何にもなりはしない。

八人が酷い目に遭った原因の一端は、半蔵にあるのだ。

お駒と梅吉を邪魔立てせずに行かせてやり、万年青組の面々と合流したところを見計らって再び現れ、冷静に話をすれば良かったのだ。

このままでは、死んだ万作たちは浮かばれないだろう。

そして、二度と『笹のや』の敷居をまたがせてはもらえまい。

半蔵の顔が苦渋に歪む。

燦々と降り注ぐ朝陽も、落胆した心の底にまでは届かない。

肩を落とし、この場から去り行くしかない半蔵だった。

二

そんな出来事が続いた後とあっては半蔵が我を見失い、定謙の許に乗り込んだのも無理はなかった。

しかし、当の定謙は一連の経緯を知らない。

殺された万作がお駒の伯父で、一度は愛したものの捨ててしまった奥女中の兄であるという事実を、未だ知らぬままなのだ。

この事実を聞かされていれば、さすがに自責の念を覚えたはず。

そうなったのは、やはり半蔵の迂闊さが原因であった。

更に憤った半蔵が胸ぐらを摑まんばかりに詰め寄り、万作がお駒の伯父だった事実を伝えようとしたため、さすがに見かねた内与力たちが取り押さえ、追い返してしまったからである。

半蔵がいなくなった座敷は、しんと静まり返っている。

「笠井め、何を思い詰めておったのか……?」

定謙は不思議そうに小首を傾げる。

「ま、良いか……」

終わってみれば、驚くほどに呆気なく片付いた一件だった。

定謙は半蔵を探索に走らせる一方で見習い同心の三村右近に命じ、まだ被害に遭っていない豪商たちの中で、万年青組が狙いを付けそうな大店に網を張らせていたのである。

良くも悪くも大雑把な定謙らしい計画は図らずも功を奏し、右近がたった一夜の張り込みで思わぬ手柄を立てたのに対し、半蔵が重ねてきた調べはすべて無駄に終わってしまった。

右近か、それとも半蔵か。

定謙は、どちらが優秀なのかを比べるために競わせたわけではない。

あくまで、それぞれの適性を見極めた上で命じたことである。

こつこつと証拠を集めていく労を厭わぬ半蔵に対し、右近は直感に基づく判断と行動に秀でている。

そんな二人の手駒を使役する上で、定謙は思案した。

同一の事件に異なる方向から、持ち味のまったく異なる二人を取り組ませたら如何なる結果が生まれるのか。

斯様に判じたのが、吉と出た。

三村右近が、意外にも使える男と分かったのである。

八人を問答無用で斬り捨ててしまったは、たしかに荒っぽい。

血気盛んな三十代の頃に火盗改の長官職を仰せつかっていた定謙も、ここまで無茶をした覚えはない。

お駒と梅吉から恨みを買う原因となった、夜嵐の鬼吉一味の始末も故あってのことであり、未だに苦い記憶を呼び覚まされる事件だった。

その点、右近はまだ若いくせに割り切っている。

やりすぎた後も悪びれることなく、平然としていられるのだ。

万年青組を生け捕りにする気など最初から無く、死人に口なしで裁きを付けるべく、さっそく今日から余罪の調査に動いていた。

常に冷静に、何事もあらかじめ結果を見越した上で行動する。

これは右近を南町奉行所に送り込んだ、鳥居耀蔵にも相通じるやり方だった。

人情というものを持ち合わせておらず、ごく自然に非情な行動が取れるところも共通している。

類は友を呼ぶと言うが、主従の間も同じことが言えるらしい。

三村右近は、元はといえば耀蔵に仕えていた身。

目付として配下に従えた小人目付や徒目付、中間目付らの他に、かねてより耀蔵は腕が立ち、頭も切れる浪士を幾人も召し抱えている。その一人である右近をお役に立ててくだされと言って、廻してくれたのだ。

しかも耀蔵は大枚の二百両を用意し、右近にわざわざ同心株を買い与えた上で南町奉行所に出仕させていた。

私的な家来ではなく、配下の一人として、有能な男を寄越したのである。

策士の耀蔵が、単なる親切心で動くはずもないのは定謙も承知の上。

定謙を南町奉行職に就けるため、耀蔵が自分と同様に水野忠邦のお気に入りである勘定奉行の梶野良材と諮り、幕府の人事権を握る忠邦に根気強く働きかけてくれたというのも、今後の見返りを期待してのことなのだろう。

思惑が何であれ、憶測するには及ぶまい。

そのときは、そのときの話である。

受けた恩は返すが、それ以上のことを持ちかけられても応じかねる。

もしも理不尽な要求をしてきたときは敵と見なし、恩を仇で返したと言われても動じることなく、堂々と渡り合ってやればいい。

持ち前の豪気な性格で、斯様に割り切っていた。

それに定謙は豪放磊落なばかりでなく、意外と抜け目がない。

獅子身中の虫になりかねないと半蔵が危惧する三村右近にも、さりげなく釘を刺すことを忘れていなかった。

数日後、定謙は右近を奥に呼び出した。

「おぬし、なかなかやるのう」

「恐れ入りまする」

奥へ呼ばれた右近の装いは、見習い用の裃姿。

背が高く、たくましいだけに、ありふれた麻の礼服姿でも見栄えがいい。

「何が望みじゃ？」

「願わくば、向後もお役に立たせていただければと」

定謙に答える態度も堂々たるものだった。

されど、三十前の若造に後れを取る定謙ではない。

「ははは、綺麗事ばかり申すでない」

「何と申されますか、お奉行」

「過日の小塚原にて、そのほうが儂を斬ろうといたせしことは承知の上ぞ」

「ご冗談を……」

「朦朧としておると思うたか。おぬしの面体、しかと見覚えておるわ」

「…………」

「安堵せい。向後も精進を期待しておるぞ」

押し黙った右近を見返し、定謙は微笑んだ。

万作と配下たちを闇に葬ることを望んだのは、他ならぬ定謙だった。

お駒の伯父だから亡き者にさせたわけではない。

一味を成していた万作以下の八人は、亡き大塩平八郎に使役されて大坂市中で盗みを繰り返し、天保八年二月十九日の武装蜂起の軍資金を調達している。

蜂起そのものに加わっていなくても、大塩一派の生き残りなのだ。

生かして捕らえた後にかかる事実が発覚すれば、南町奉行所では当時のことも尋問せざるを得なくなる。

そうなれば定謙と平八郎が旧友同士だったことまで露見して、要らざる波紋を呼んでいただろう。

無用の騒ぎは好ましくない。

南町奉行の座を安泰とするためには、やむを得ない措置だったのだ。

とはいえ、定謙もすべて割り切れていたわけではない。

自分を慕ってくれる半蔵は、損得抜きで可愛い。

だが、役に立つ度合いは右近が上。

さすがは耀蔵が有為の士と触れ込み、提供してくれただけのことはある。

やはり、南町奉行として実績を上げるためには、これからも右近を重く用いずにはいられない。

手柄を立てれば、労をねぎらうのは当然。

定謙は斯様に考え、報奨金を与えることまで始めていた。

公金の一部ではない。

自腹を割いての振る舞いだった。

「大儀であった。納めておけ」

「頂戴いたしまする」

袱紗包みを受け取った右近はご満悦。

この件は、早くも奉行所じゅうの評判になっていた。

話を伝え聞いた者は与力も同心もそれぞれの用部屋で奮い立ち、我らも右近に続けとばかりに躍起になっている。

とはいえ、誰もが手放しに喜んでいたわけではない。

奉行に次ぐ権限を持つ年番方与力の仁杉五郎左衛門を筆頭に、筒井政憲の信頼も厚かった面々は、いたずらに検挙率を上げるばかりが良いとは思わず、報奨金など以ての外と考えていた。

功に報いること自体が、悪いわけではない。

がっついて手柄を立てようとすれば、自ずと調べが杜撰になり、誤認逮捕から冤罪に結びつく可能性も高くなる。

善かれと思って定謙の始めたことが、裏目に出かねないのだ。

三村右近を重く用いるのも考えものだった。

まだ分別の無い、二十歳前の若者ならば無茶をしても反省させ、過ちを改めて伸ばすこともできるだろう。

しかし、右近は良くも悪くも完成されている。

剣の腕が立つのは良いが、振るう上での人格は最低。

半蔵が危惧する右近の本性を、五郎左衛門は早々に見抜いていた。

今さら教え導くのが難しい以上、できるだけ責任のある役目には就けぬように遠慮してもらうべきだった。

それに、同調する者が出るのも好ましくない。

右近のような男は、和を乱す元になる。

そんな男を中心に、派閥ができてしまっては問題だ。

だが、すでに問題は起こりつつあった。

右近は、早くも奉行所内で幅を利かせ始めている。

万年青組の一件以来、新参ながら腕が立ち、頭も切れて頼りになると引っ張りだこになったのである。

その荒っぽいやり方に対しても異を唱える者は少なく、これからは共に進んで協力し合おうと期待されて止まずにいたのであった。

かくして、南町奉行所にひずみが生じ始めた。

外部から見ても、変わったところは何もない。

体制そのものは前と同じなのに、一人の異分子の存在が組織を浮ついたものにしつつあったのだ。

三村右近の活躍は目覚ましく、半蔵が悪党を退治して引き渡す必要など有りはしない。

右近の働きぶりに定謙はご満悦。

直属の部下でもない半蔵に、いちいち頼る必要もなくなって久しい。

北町奉行の遠山景元を差し置いて、矢部駿河守様こそ真の名奉行との呼び声も高まっている。

一体、これからどうなってしまうのか。

そんなことを案じながらも、半蔵は定謙と距離を置いていた。

自ずと影御用を務めることもなくなり、勘定所勤めに励むのみ。

かつては影御用に費やす時を得るために、半蔵には何事も限られた時間の中で集中して済ませたものである。

一度身に付いた習慣は、すぐに抜けはしない。

半蔵は定刻までに御用を片付け、早々に帰宅するのが日常となった。

平和ではあるが退屈な、どこか物足りない日々である。

一緒に居られる時間が多く取れるようになったのを佐和が喜び、日々和合していられるのが、悩める半蔵にとって救いであった。

三

そんなある日、半蔵は良材から呼び出された。

久々に影御用の密命が下ったのである。

「何じゃ、笠井。また下り腹か？」

「め、面目次第もありませぬ……」

腹痛を装って用部屋を抜け出し、下勘定所の奥へと急ぐ。

いつになく気分が高揚(こうよう)したのも、話を聞かされるまでのことだった。

「まことですか、お奉行!?」

「由々しき大事じゃ。急ぎ引き受けてもらいたい」

「…………」

半蔵は言葉を失っていた。

深刻な面持ちで良材が伝えた内容は、半蔵が自省の念を抱かずにはいられないことだった。

江戸市中における取り締まりの強化、特に南町奉行所の検挙率の向上に伴って犯罪者が御府外へ逃れている。とりわけ江戸近郊の武州では治安が悪化し、勘定奉行配下の関東取締出役（かんとうとりしまりしゅつやく）だけでは手に負えない。

そこで半蔵に密かに出向き、悪党退治をしてほしいというのである。

「何と……」

つぶやく半蔵は、自責の念を募（つの）らせずにはいられない。

南町奉行所のために、本来はやらなくてもいいことに張り切りすぎたのが災いを呼び、思わぬ事態を招いてしまったのである。

ともあれ、自ら蒔（ま）いた種は刈らねばなるまい。

戦いの日々が再び始まるのだ。

以前ならば、存分に剣の腕前を発揮できると喜んだだろう。

だが、今は手放しに喜べない。

佐和と仲良く日々を送る半蔵は、以前のように悪党退治に剣を振るって満たされぬ不満を、憂さを晴らそうとは思わない。

代々の勘定所勤めを全うしてこそ、幸せではないか。

愛する妻のためにも、そうやって生きるべきではないだろうか。

斯様に割り切り、地味でも不満を抱かずに黙々と、勘定所勤めをこなしているのに、今さら影御用と言われても困る。

それに、こたびの影御用は江戸をしばし離れるのが前提だった。

本職の関東取締出役――いわゆる八州廻りも江戸から現地に派遣されるのが常であり、一度旅に出れば当分は戻れぬというのだ。

新婚の頃に増して仲睦まじい佐和と、離ればなれではいられない。

それに、今一つ気になることがある。

半蔵は良材の態度に引っかかるものを感じていた。

何かにつけて定謙を、ひいては南町奉行所を悪者にしようという節がある。

「そのほうが気を揉むには及ばぬぞ、笠井」

「されど……」

「悪いのは駿河守なのは、誰の目にも明らかじゃ」

「………」

半蔵は押し黙った。

定謙に対する信頼は相変わらず揺らいでいたが、ここまで悪し様に言われては同情を寄せずにいられない。

武州の治安が悪化の一途を辿る原因が、南町奉行が手柄欲しさに江戸市中から犯罪者を一掃し続けていることだというのは、事実なのだろう。

とはいえ、すべての元凶を定謙と決め付け、思い知らせてやらねばならないと言い切るのはどうか。

今や良材に対しても、不審の念を抱かずにいられない半蔵だった。

四

その日から、半蔵は再び帰りが遅くなった。

「お忙しいのですか、お前さま」

「うむ」

佐和に答える口調は素っ気ない。

しかも着替えを済ませて早々に、再び屋敷を出ていくのだ。

酒食遊興にうつつを抜かしているわけではなかった。

出仕用の裃から羽織袴に、それも地味な墨染めに装いを改め、何か調べ廻っているらしい。

内々の御用を受けてのことなのだろうと佐和は察したものの、夫に余計なことを聞きはしなかった。

自分を裏切って没義道(もぎどう)な真似はすまいが、案じられるのは食事のこと。

夕餉は凝るに及ばぬと言って、湯漬けばかりで済ませている。

ならばお弁当を調えますると佐和が言っても取り合わず、帰宅するのが深夜に及ぶときは、屋台売りの蕎麦(そば)や稲荷(いなり)寿司で小腹を満たしているらしかった。

「まぁ、ずいぶんと濃い出汁(だし)だこと……」

疲れ切って眠り込んだ半蔵に身を寄せ、佐和は微笑む。

夫から漂う匂いに、紅白粉(べにおしろい)は混じっていない。

それだけ確かめられれば、毎晩安心できる佐和だった。

「ご無理だけはなされますな、お前さま」

熟睡する半蔵に夜着を掛けてやり、佐和はそっと廊下に出て行った。

寝所を別にするようになったのは、久しぶりのことである。

夫婦が同衾(どうきん)を避けるのは、仲が倦怠した時期ばかりとは限らない。

夫は御用に専心している間、自ずと房事を慎(つつし)む。

そんなときは妻も慎んで振る舞い、限られた休息の時に無理をさせぬのだ。

半蔵と佐和の夫婦仲は、新たな段階に入ったようだった。


翌日も、半蔵は夜の巷(ちまた)へ探索に赴いた。

隠形の法を用いて気配を殺し、抜かりなく歩みを進める。

行く手の宵闇(よいやみ)の中を歩いているのは、三村右近。

見習いの間は裃(かみしも)姿だったのが、早くも御成先御免の着流しと黒羽織を許されていた。万年青組の一件での活躍を認められてのことである。

そんな右近の動きを、半蔵は密かに追っていたのだ。

良材への答えは、ひとまず保留にしてもらっている。

定謙と南町奉行所が目に見えておかしくなってきたのは、あの男が台頭し始めてからのことである。

精勤しているのは事実だが、飼い主の耀蔵と同様に信用できない。

一体、右近の狙いは何なのか。

距離を置いてはいても、定謙のことが影御用よりも案じられる半蔵だった。

立っていたのは深編笠の武士。

折り目正しく袴を穿き、大小を閂——地面と平行に近い角度で帯びている。

編笠の下から現れたのは右近と瓜二つの、それでいて下卑たところを感じさせない凛々しい容貌だった。

「あやつは……」

三村左近、二十八歳。

半蔵が察しを付けたとおり、右近の双子の兄である。

後継ぎの座を巡る争いを招くとして、武家では双子が歓迎されない。

とりわけ大名や大身旗本の家では双子が生まれると弟が遠ざけられ、世間から離れて養育され、成長した後は隠棲させられるのが常だった。

三村兄弟の場合にはどちらが得をし、損をしているのかが判じ難いが、互いに仲が良いのは見ていて分かる。

「しかと頼むぞ、兄者」

「うむ」

物静かな兄と豪放な弟。

雰囲気こそ別人の如くでも、左近と右近はいずれ劣らぬ手練揃い。

兄弟の次なる狙いは、先だって右近が葬り去った万年青組と関わりを持つ、お駒と梅吉を斬ることだった。

五

その日、お駒と梅吉は久しぶりに連れ立って外出した。

午前だけ店を開き、昼を過ぎて出かけたのは両国橋を渡った先の本所。

まずは回向院でお参りを済ませた後、盛り場で日が暮れるまで遊び、門前町で夕餉を済ませて家路に就く頃には、すっかり夜も更けていた。

「遅くなっちまいやしたねぇ、姐さん」

「たまにはいいさ。いつも店に張り付いてたんじゃ、息が詰まっちまうよ」

「愛想笑いも続かねぇ、ですかい？」

らしい。

「ちょいと川っ風にでも吹かれて、酔いを覚まして参りやしょうかね」

「そうしようか」

二人は両国橋の手前で左に折れ、大川沿いにそぞろ歩く。

「明日からは夜の商いもしなくっちゃね、梅」

「そうしやしょう。このまんまお得意さんに浮気をさせといたら、戻って来なくなっちまいやすからね」

「へっ……このあたしを見限る客なんざいやしないよ」

たゆたう川面を横目に歩きながら、お駒はにやりと笑ってみせた。

「どいつもこいつも芋だの唐茄子みたいなご面相なんだからさ、あたしが構ってやらなくってどうするんだい？」

「しーっ、お馴染みさんが聞いてたらどうなさるんで」

酔いに任せた戯言に苦笑を誘われる一方で、梅吉は安堵していた。

「そういうこと」

微笑むお駒は少々酒が入っていた。

二十歳を過ぎていながら小娘に見える可憐な顔が、ほのかに赤く染まった様が可愛このところ、お駒は目に見えて明るくなりつつある。

梅吉に余計な心配をかけまいと心がけ、努めて快活に振る舞っているのかもしれないが、少しずつ吹っ切れてきたのは間違いない。

お駒が元気でいてくれるのが、亡き万作にとっても一番の供養のはず。

梅吉に出刃打ちを教えた師匠である千吉も、思うところは同じだろう。

いずれにしても、仇討ちは果たさねばなるまい。

矢部定謙と対決し、引導を渡すのだ。

相手が手強いのは、かねてより承知の上だった。

去る二月、お駒には黙って決着を付けてしまおうと思い立ち、夜半の大川堤で襲撃をかけた梅吉は、思わぬ不覚を取ったものである。

こちらの動きが鈍ったところに殺到し、かすり傷を負わせた家士どもは大して腕も立たない者ばかりだったが、他ならぬ仇の定謙が強かった。

酒気を帯びていながら梅吉の出刃打ちを刀の柄頭(つかがしら)で弾(はじ)き飛ばし、二投目を放つより早く駆け寄って抜き打ちを浴びせた腕の冴えは、敵ながら天晴(あっぱ)れと言わざるを得まい。

お前のぶんまで仕返ししてやると息巻いて出向いたお駒も、相手の警固(けいご)をしていた半蔵が助けてくれなければ斬られるところだったというのだから、その腕は本物と見なしていい。

左遷されて酒食遊興に身を持ち崩していたあの頃でさえ、定謙は火盗改あがりの腕を衰えさせることなく保っていたのだ。

念願の南町奉行の座に着き、心身が目立って壮健になってきた今は更に強さを取り戻していることだろう。

梅吉とて認めたくはなかったが、お駒と二人だけでは手に負えまい。

さんざんいがみ合い、終いには短刀まで投げ付けられた後で引き受けてくれるかどうかは心許ないが、やはり半蔵の助けが必要なのだ。

（どサンピンめ、あのぐれぇのことで尻尾を巻いて逃げ出すたぁ、殺生ってもんだろうぜ……俺らのことを護ってくれるんじゃなかったのかよぉ……）

川っ縁にしゃがんで端唄など口ずさんでいるお駒を見やりつつ、梅吉は胸の内でつぶやく。

兄と妹も同然に育ち、苦楽を共にしてきたお駒を無駄死にさせたくはない。

願わくば本懐を遂げた後も生き続け、幸せになってほしい。

そのために、自分は何をしたらいいのだろうか。

二人だけで定謙に挑み、命を投げ出して盾になったところでお駒まで斬られてしまっては何の意味もない。

答えは、最初から分かっていた。

半蔵と仲直りをするのだ。

顔を合わせても常の如くに意地を張らず、素直に助けを求めるのだ。

(……こっちから出向くのもおかしなこったが、詫びを入れるしかあるめぇ)

頭ひとつ下げるだけで済むかどうかはわからないが、とにかく会ってみなくては始まるまい。

(よーし。ここは一丁張り込んで、御勘定所に豪勢な弁当でも届けてやるとしようじゃねぇか……うん、そいつぁいいや)

ふっと梅吉は微笑んだ。

お駒の端唄が聞こえてくる。

「♪　隅田のほとりに囲われて～」

まだ、ほろ酔い加減のままでいたいらしい。

ご機嫌なのは結構だが、いつまでも川風に吹かれたままでは風邪を引く。

常連の客たちから女将は寝込んだと思われているからといって、本当に病気になる必要はあるまい。

「そろそろ参りやしょう、姐さん……！」

しゃがんだ背中に向かって呼びかけた刹那、梅吉の目が細くなった。

背後の土手に、二人の男が立っている。

いずれも人を斬り慣れた者に独特の、ひやりとした気を放っていた。

とりわけ一人は誇示するかの如く、思い切り発散している。先だって小塚原で浴びせられたのと同じ、禍々(まがまが)しい限りの殺気であった。

「梅っ⁉」

「逃げてくだせぇ、姐さん‼」

ハッとして振り返ったお駒を庇い、梅吉は前に立つ。

二人の男が川っ縁に下りてくる。

一人は着流し姿。

今一人は折り目正しく袴を穿き、大小を閂にして帯びていた。

三村兄弟である。

兄の左近は後ろを歩き、弟の右近がずんずん先を行くのを見守っていた。

後詰めに廻ったお駒と梅吉は慌てて身構える。

半蔵は新手の出現に気づかぬまま、右近の行く手に立ちはだかった。

二人の体格は同等。

しかし、敵は一人ではなかった。

「待つのはおぬしのほうだ」

「む！」

半蔵は鋭く視線を返す。

立っていたのは深編笠の武士。

右近と違って折り目正しく袴を穿き、大小を閂に帯びている。

編笠の下から現れたのは右近と瓜二つの、それでいて下卑たところを感じさせない凛々しい容貌。

兄の左近が助太刀をしに現れたのだ。

「余計な真似をいたすでない、兄者」

「敵を甘く見るのはそなたの悪い癖ぞ、右近」

「一度でも後れを取ったことがあるか？」

「これまでは、な」

「ふん……」

右近は不快そうに鼻を鳴らす。

面白くなくても、たしかに兄の助太刀が必要な状況だった。

お駒と梅吉は逃げ出すことなく、その場に残っていた。

「罪滅ぼしのつもりなら引っ込んでなよ、旦那」

「てめぇなんぞの出る幕はねぇよ。とっとと行っちまいやがれぃ、サンピン」

毒づくお駒は鉤縄(かぎなわ)を構え、梅吉は二振りの短刀を順手に握っている。

半蔵に頼らず、自分たちだけで戦うつもりなのだ。

そんな二人に、半蔵は怒ろうとしなかった。

理由はどうあれ、闘志が湧いてきたのは頼もしい。

差し出がましいと思われようと、自分は自分の為すべきことをやるのみだ。

「こやつは私に任せろ」

返事を期待せずに告げるや、左近は佩刀の鯉口を切る。

間を置くことなく鞘を引き、刃引きを抜く。

刹那、重たい一撃が襲いかかった。

「く！」

半蔵は慌てて跳び退(すさ)る。

ざっくりと着物の袖が裂けていた。

受け流しきれず、切っ先にかすめられたのだ。

斬り付けも突きも、物打(ものうち)――切っ先から三寸の部分が力強く、確実に、半蔵の急所を狙って迫り来る。

左近の刀さばきには無駄がなかった。

常に左拳を正中線――体の中心を通る一線上から外すことなく、両の脇も常に締めている。体の幅から拳や腕がはみ出せば、こちらの打ち込みを受けてしまうことになるからだ。

常に刀は遅れることなく、体の動きに付いてくる。

体(たい)のさばきが整然としていればこそ、刀さばきもまたしかりなのだ。

対する半蔵には無駄が多い。

左近の正確無比な動きに翻弄され、焦りを覚えれば覚えるほどに、気を呑まれてしまっていた。

弟の右近は、お駒と梅吉を一人で相手取っている。

お駒がぶん回す鉤縄をものともせず、かわす足さばきは軽快だった。

「この野郎、ちょこまかしやがって！」

お駒が苛立たしげに叫ぶ。

これでは牽制になっておらず、梅吉も狙いを定められない。

残った短刀が一振りのみ。

投げ打って狙いを外せば、後がない。

梅吉は眦を決し、果敢に内懐へと飛び込んでいく。

次の瞬間、ぱっと血が飛び散る。

「梅っ」

お駒が堪らずに悲鳴を上げた。

凡百の侍が二人がかりで攻めかかってきたところで、半蔵の敵ではない。お駒と梅吉でも一人ずつ相手取り、余裕で返り討ちにできていただろう。

しかし、三村兄弟では相手が悪い。

左近も右近も、強さは抜きん出ていた。

「させるか！」

一声叫ぶや、半蔵は腰を入れて左近の刀を打っ外す。

一直線に駆け付ける姿を、お駒は熱い瞳で見返した。

「逃げよ、お駒っ」

「旦那！」

「行くのだっ。おぬしが本願を果たさぬままで空しゅうなれば、両親はもとより万作も報われまいぞ……行けーい!!」

右近と激しく斬り結びながら、半蔵は声を限りに叫ぶ。

渾身の一撃を難なく受け止められ、足払いを喰らって倒されながらも、負けじと飛び起きて向かっていく。

若い二人を死なせてはなるまい。

自分の過ちを償うためにも、救わなくてはならない。

斯様に思い定めて猛然と、繰り返し立ち向かう姿は力強い。

「そうですぜ、姐さん。後はこいつに任せやしょう！」

梅吉は傷を負いながらも気丈だった。

「後を頼むぜ、サンピン!!」

半蔵の背中に向かって告げると同時に、お駒の手を引いて土手から跳ぶ。

程なく、千本杭の辺りで大きな水音が上がった。

「ま、待てっ」

「慌てるでない」

焦る右近に向かって、左近は悠然と呼びかける。

「行け」

弟に代わって半蔵を相手取りながら、指示する声も落ち着いていた。

一気に駆けた右近は、土手を蹴って跳ぶ。

しかし、すでに二人の姿は見当たらない。

見渡す限りに拡がるのは、黒い水面(みなも)から突き出た杭(くい)ばかり。

「ちっ……」

舌打ちを漏らし、右近は土手をよじ登る。

苛立ちを向けられたのは半蔵だった。

「兄者、もういい」

左近に向かって不機嫌そうに一言告げるや、ずかずかと歩み寄っていく。

対する半蔵は息が荒い。

男臭い顔は汗だくになっている。

左近に向けた切っ先も、肩で息をするたびに上下していた。

そんな半蔵の近間に立ち、右近は命じる。

「構えろ」

いはず。

「その刃引きで存分に打ちかかって参るがいい……左様に言うておるのだ」

告げる右近の横顔には、嗜虐の笑みが浮かんでいた。

すぐに斬るつもりであれば余計なことなど口にせず、わざわざ左近を止めたりしな

右近は憂さ晴らしがしたいのだ。

あと一歩のところでお駒と梅吉を取り逃がしてしまった苛立ちを、疲れ切った半蔵にぶつけるつもりなのだ。

対する半蔵に逆らう余地はない。

構えを取らずにいれば、一刀の下に斬られてしまうまでのこと。

それが嫌ならば防御をし、生き延びる可能性を探るべきだった。

「早うせい」

「くっ……」

命じられるがままに、半蔵は刀身を持ち上げる。

八双の構えを取った刹那、見舞われたのは左袈裟斬り。

兄の左近に劣らぬ、刀勢の乗った一撃であった。

「何……」

辛うじて受け流した次の瞬間に、今度は右袈裟斬りが迫り来る。

右近はそれからも繰り返し、左右から連続して斬り付けてきた。

まるで半蔵に稽古を付けているかのようである。

「ふん……受けはまずまず出来るのだな」

右近は薄く笑った。

と、その顔が嗜虐の形相に変わる。

「なれど、体が決まっておらぬわ！」

告げると同時に、重たい前蹴りが半蔵を襲った。

よろめくところに、横殴りの一撃が迫る。

辛うじて縦にした刀身で受け止めたが、続く二の太刀には対処できない。

右近が寸止めしていなければ間違いなく、真っ向を割られていただろう。

「成る程……やはり、うぬには刃引きがお似合いだな。本身を振るうたところで人はもとより、竹の一本もまともには斬れまいよ」

何を言われているのかだけは、すぐに察しが付いた。

体の均衡を崩しただけではなく、半蔵は手の内も乱れていた。

刀を持つときに両拳の間隔を詰めすぎず、むしろ後の世の剣道で竹刀を用いるのと同様に広く取るのは天然理心流に独特の作法だが、疲弊しきった半蔵は柄に指を正しく掛けることもできていない。

体さばきと手の内は、刀を扱う上で基本の術技。

稽古の場に限らず、常に正しく行えて当然とされている。

愕然とするばかりの半蔵に、今度は左近が迫り来る。

体側に下げていた両の手を、すーっと腰の高さに上げていく。

しかし、もはや右近は刃を向けようとしない。

進んで刀を納めたばかりか、鯉口を切りかけた左近を押しとどめたのだ。

「止めておけ、兄者」

「良いのか、右近？」

戸惑(とまど)いながら左近は言った。

「こやつは駿河守……南町奉行のお気に入りなのであろう？　このまま生かしておいては、おぬしの出世の障りとなろうぞ」

「構わぬさ。見逃してやれ、兄者」

危惧する左近に涼しい顔で答え、右近は自信たっぷりにうそぶく。

「俺に後れを取ったと申し上げれば、お奉行も目が覚める。向後はこやつを二度と重くは用いるまい」

「されど、こやつのことを腕前だけで買うてはおるまい？」

「ははは、それは買いかぶりというものだ」

兄の危惧を一笑に付し、右近は言った。

「お奉行……矢部駿河守とは、詰まるところは俗物よ。その証左に、俺をだしにして配下の与力と同心どもを上手いこと、その気にさせたではないか。前の奉行の筒井伊賀守ならば早々に俺を南町から追い出しにかかったであろうが、駿河守は違う。使えると見なさば清濁を問わぬ代わりに、清いというだけで重んじたりはしないのだ。ただのお人好しに用はないのだ」

確信を込めてうそぶく弟を前にして、左近は黙ったままでいる。

肯定も否定もせず、腕を組んだまま歩き出す。

にやつきながら、右近も後に続いた。

取り残された半蔵の胸の内は、悔しさで一杯だった。

このまま言われっぱなしでいてもいいのか。

悪しき者に取って代わられても構わぬのか。

右近が策を弄して取り入ったわけではなく、定謙に認められて今に至ったことは分かっている。

それでも、悔しさを覚えずにはいられなかった。

今のままでは、半蔵は右近に遠く及ばないのは明白。

これでは定謙に評価されるどころか、刀を取る身としての自信も失われたままになってしまう。

このままではいけない。

立ち上がらなくてはなるまい。

歩き出そうとした半蔵の耳に、微かな声が聞こえてきた。

「旦那……笠井の旦那ぁ」

土手の下から、お駒が呼んでいるのである。

お駒は河原に上がり、梅吉を介抱していた。

「水は飲んじゃいないから平気だよ。思ったより傷も浅かったしね……おかげで助かったよ」

歩み寄ってきた半蔵を見やり、お駒は微笑む。

大川に飛び込んで早々に気を失った梅吉を抱きかかえ、川面近くに身を潜(ひそ)めたままで、息詰まる成り行きを見守っていたのだ。

「お前さんもずいぶん酷い目に遭わされちまったみたいだけど……無事で何よりだったねぇ」

慰めるお駒の態度に、過日の恨みがましさは微塵もない。

窮地から命懸けで救ってくれた半蔵を気遣い、心から謝していた。

「重ね重ねすまないけどさ、手を貸してくれるかい？」

「うむ」

よろめく足を踏み締めて、半蔵は梅吉を抱え上げる。

と、梅吉が薄目を開けた。

「……すまねぇな、サンピン」

「気が付いたのか、おぬし？」

「当たり前よ……あんな野郎にやられたぐれぇで、いつまでもだらしなく伸びていられるかってんだい」

「強いのだな、おぬしは……」

「てやんでぇ……俺らに負い目があるからって、あんまり心にもねぇことを言うもんじゃねーぜ」

「ふっ、世辞など申しておらぬ……」

相変わらずの負けん気を発揮する梅吉に笑みを誘われ、半蔵の気分も上向きになっていた。

腕の程はともかく、負けん気の強さは自分の及ぶところではない。

この強さこそ、見習うべきではあるまいか。

三村兄弟の圧勝に終わった対決は、己の至らなさを半蔵が思い知るきっかけとなっていた。

いつまでも負けっ放しではいられない。

己の弱さを知ったときこそ、再起に向かう好機というもの。

自分は何を為すべきか、今こそ半蔵は自覚していた。

六

右近が予言した通り、定謙は半蔵に無理をしなくていいと言ってきた。

「土佐守殿より伺うておるぞ。そのほうも、とみに勘定所勤めに身が入っておるそうだのう……なれば向後は儂に構わず、精勤いたすがよい」

南町奉行所の奥で半蔵と向き合い、定謙は微笑む。

「痛み入りまする」

答える半蔵は謹厳そのもの。過日に怒鳴り込んだときの不作法ぶりなど、今は微塵も感じさせない。

「ご足労をおかけ申した、笠井殿」

辞去した半蔵を玄関まで送った内与力が、申し訳なさそうに頭を下げる。

内与力は町奉行所に代々出仕する役人ではなく、奉行の家臣から選ばれた者が奥詰めとして、身の回りの雑用を任されている。この金井権兵衛も元はといえば矢部家の家士頭で、我がままな主君に長年仕える苦労人だった。

「金井殿もご苦労が絶えませぬな」

「何の、何の。我ら下つ方の労するところなど、何ほどのこともござらぬよ……それに近頃は、殿も丸うなられたからのう。これも笠井殿のおかげぞ」

年嵩の権兵衛は、半蔵を感謝の笑みで送り出してくれた。

上つ方は大勢の、こういった有名無名の士によって支えられている。

以前の定謙は家臣を大事にせず、必要となれば盾にしたり、刺客に仕立てたりして使い捨てるのも平気な男であった。

定謙だけが非情だったわけではない。

いつの世も、人の上に立つ者にはそういうところがある。

だからといって、下の者たちもふて腐れてばかりはいられない。

数寄屋橋を後にした半蔵は、自分のために再起しようと心に決めていた。

縁切りを申し渡す上で、定謙が考えたことはよく分かる。

半蔵の上を行く右近が十分すぎるほど役に立っているので、もはや手を貸してもらうには及ばない。

世の中、上には上がいる。武官に非ざる身で、無理をする必要はない。荒事は強者に任せておけばいい。

半蔵の役目は終わったのだ。

今後は刀を抜くことなく、下勘定として地味でも平穏無事に生きてほしい。

そんな気遣いが有難く、身に染みる。

以前は身勝手なばかりだった定謙が自分との付き合いの中で変わり、下つ方に気を遣ったり、感謝の意を述べられるようになってくれたのも喜ばしい。

されど、影御用を止めることはできない。

これぱかりは、素直に受け入れるわけにはいかなかった。

半蔵は定謙に強いられて、南町奉行所のために働いてきたのではない。

影御用と言いながらも、あくまで自分一人の考えで為したことだ。結果が報われぬものだったとはいえ、己のやってきたことのすべてを悔いてはなるまい。

ともあれ、今の半蔵には修行をし直すことが必要だった。

赴く先は武州の地。

かねてより良材から勧められていた、勘定奉行の配下としての影御用を果たすためである。

昨日のうちに、良材には返事をしてある。ようやくその気になってくれたかと良材は喜び、必要な手配を速やかに済ませてくれた。

以前に矢部邸に住み込んで警固をしていたときと同様、勘定所勤めはしばらく休むことになる。

江戸を留守にするため駿河台の屋敷も空けざるを得ず、佐和には寂しい思いをさせてしまうが致し方あるまい。

すべては不器用な半蔵らしからぬ計算に基づく、そして深い反省を踏まえての行動だった。

南町奉行所のために励んだ悪党退治が災いし、御府外へ逃れた無頼の徒の横行で治安が乱れてしまった武州の地に乗り込んで、改めて悪党どもを退治することによって真剣勝負の場数を踏み、三村兄弟を打ち破るべく剣の腕を磨く。

むろん危険を伴うが、これに勝る修行はないだろう。

それに彼の地を護るためならば、命を懸ける甲斐もあろうというもの。

良材が手配してくれた、下勘定所を休める期間は向こう一月。

影御用を帯びての道中は、半蔵自身のための修行の旅を兼ねていた。

敵を斬らずに制すればこそ、自分は真の力を発揮できるはず。

開眼したときの悟りは間違いではなかったと改めて確信するためにも、こたびの影御用を果たすことには意味がある。

愛用の刃引きを以て、甲州道中の治安を脅かす悪党どもを打ち倒す。

その上で調布から府中、日野、八王子と甲州街道に沿って続く、天然理心流に縁の深い村々を巡って、剣術修行者としての自分の原点を見つめ直すのだ。

剣客として、男として、このままでは終われまい。

必ずや、結果を出す。

「待っていてくれよ、佐和……」

愛しい妻を江戸に残し、誓って旅立つ旅路の先に何が待っているのか、半蔵はまだ知らない。

この作品は2011年9月双葉社より刊行された『算盤侍影御用　婿殿修行』を加筆修正し、改題したものです。

徳間文庫

婿殿開眼㊂

未熟(みじゅく)なり

2019年8月15日 初刷

著者 牧(まき)秀(ひで)彦(ひこ)

発行者 平野健一

発行所 株式会社徳間書店

東京都品川区上大崎三―一―一 〒141―8202
目黒セントラルスクエア

電話 編集〇三(五四〇三)四三四九
販売〇四九(二九三)五五二一

振替 〇〇一四〇―〇―四四三九二

印刷 大日本印刷株式会社
製本

ISBN978-4-19-894494-0 (乱丁、落丁本はお取りかえいたします)

達少ないって言ってるけど、こんなことしてくれる友達なんて、そんなにいないよ」

「ん……」

凛子は涙ぐんで、健太郎の首に両手を回した。

萌は、石川のことを「面倒なんですよ」と言っていたが、二十八歳までの凛子も石川以上に面倒な女だった。なのに、ずっと友達でいてくれて、一番苦しい時にも手を貸してくれた。

いつも大勢の人に囲まれている健太郎も幸せそうだが、自分も、負けないくらい幸せなのかもしれない。——

「……え、急すぎない？」

ベッドに凛子を下ろした健太郎が上着を脱いだので、凛子は少し驚いて身じろぎした。

「悪いけど、今は抑えられない。凛子さんが俺のものだってこと、分からせてやらないと」

「ちょっと待って、分からせるって誰に……っ、——……」

言葉は甘いキスで遮られる。いつの間にか降り出した雨が、美しい夜景を映し出した窓を優しく濡らしていた。

チュールキス文庫 more をお買い上げいただきありがとうございます。
先生方へのファンレター、ご感想は
チュールキス文庫編集部へお送りください。

〒102-0073　東京都千代田区九段北3-2-5　5F
株式会社Jパブリッシング　チュールキス文庫編集部
「石田　累先生」係　／　「芦原モカ先生」係

✦チュールキス文庫HP✦ http://www.j-publishing.co.jp/tullkiss/

交際0日初恋婚

2025年4月30日　初版発行

著　者　石田　累

発行人　藤居幸嗣

発行所　株式会社Jパブリッシング
〒102-0073　東京都千代田区九段北3-2-5　5F
TEL　03-3288-7907
FAX　03-3288-7880

印刷所　中央精版印刷株式会社

定価はカバーに表示してあります。
万一、乱丁・落丁本がございましたら小社までお送り下さい。

ISBN978-4-86669-766-6　Printed in JAPAN